西渡诗选

常春藤诗丛

北京大学卷

西渡 臧棣 主编

西渡 著

陕西新华出版传媒集团

太白文艺出版社

图书在版编目（ＣＩＰ）数据

西渡诗选 / 西渡著. -- 西安 ： 太白文艺出版社，2019.1

（常春藤诗丛. 北京大学卷）

ISBN 978-7-5513-1678-1

Ⅰ．①西… Ⅱ．①西… Ⅲ．①诗集－中国－当代 Ⅳ．① I227

中国版本图书馆 CIP 数据核字（2019）第 024733 号

西 渡 诗 选

XIDU SHIXUAN

作 者 西渡

责任编辑 张笛

封面设计 不绿不蓝 杨西霞

版式设计 刘戈

出版发行 陕西新华出版传媒集团

太 白 文 艺 出 版 社

经 销 新华书店

印 刷 北京彩虹伟业印刷有限公司

开 本 787 毫米×1092 毫米 1/32

字 数 86 千

印 张 7.875

版 次 2019 年 1 月第 1 版

印 次 2019 年 1 月第 1 次印刷

书 号 978-7-5513-1678-1

定 价 45.00 元

如有印装质量问题，可寄出版社印制部调换

联系电话：029-81206800

出版社地址：西安市曲江新区登高路 1388 号（邮编：710061）

营销中心电话：029-87277748 029-87217872

一座校园的创诗纪
——《常春藤诗丛·北京大学卷》序言

北大是新诗的母校。1918年1月《新青年》4卷1号发表胡适、沈尹默、刘半农白话诗9首,成为新诗的发端。其时,三位作者都是北大教授。从此,北大就与新诗结下了不解之缘。2018年是新诗百年,北京大学出版社出版了洪子诚先生主编的《阳光打在地上——北大当代诗选1978—2018》,收诗人45家、诗389首;四川文艺出版社出版了臧棣、西渡主编的《北大百年新诗》,收北大诗人107家、诗344首。两本诗选的问世,让更多的读者注意到北大诗歌的深厚底蕴和巨大成就。即使不做深入的研究,单从两本诗选也不难看出北大诗歌在中国新诗史上独特而重要的存在。实际上,从初期白话诗到新月派、现代派、中国新诗派,一直到新时期,北大诗人或引领风气,或砥柱中流,几占新诗坛半壁江山。中国的重要高校都曾为诗坛输送过重要诗人,某些高校在某一阶段连续为诗坛输送重要诗人的情况也非孤例,但在长达百年的历史中一直不间断地为诗坛输送重量级的诗人，把自己的名字和新诗历史牢固地焊接在一起的情况，除了北大，还难以找到第二所。

北大的特征向来总是和青春、锐气、自由精神联系在一起。鲁迅曾谓"北大是常为新的，改进的运动的先锋"。然而，北大是"发于前清"的，它的那个前身其实是充满暮气和官气的。从京师大学堂到北大是一次脱胎换骨。这一次的换骨，蔡校长自然厥功甚伟，但在我看来，胡适诸教授创立新诗也功不可没。《北大百年新诗》，我开始是提议叫"创诗纪"的。这个名字也只有这所学校的"诗选"用得。从那以后，胡先生"创诗"的那种勇气、担当和"为新"的精神，在出于那所校园的人们中是常常可见的，也是弥漫在那个看似古老的校园中的一种空气。因为是空气，所以常常会浸润师生的身心，而影响他们的一生。

新时期以来，北大诗歌在队伍和成就上毫不输于此前的任何时期。这个时期北大诗人不仅人数远超前期，在诗歌的题材、内容、意识、技艺上也有重大变化，使新诗得到一次再造。也可以说，新诗在这所校园再次经历了一个"创诗"的过程。骆一禾、海子、西川是这一时期最早得到外界承认的北大诗人。3位诗人的创作有力地改变了新诗70年来的固有面貌，特别是骆一禾、海子的长诗写作所体现的才华、抱负、热情，均为此前所未有，他们富于音乐性的抒情方式增进了人们对现代汉语歌唱性的认识。比骆一禾、海子、西川稍晚开始写作，但同样在20世纪80年代初就写出成名之作的是臧棣。臧棣对诗歌之专注、思考之深入、创作之丰富，在当代诗坛罕有其匹。臧棣擅于以小见大，他以大诗人的才能专注于写短诗，使短诗拥有长诗的气象。戈麦是另一位才华特具的诗人，他以一种分析、浓缩、激情内蕴的抒情方式改变了当代抒情诗的面貌，成为20世纪80年代末90年代初特殊转型时期的代表诗人。这一时期，北大还涌现了清平、麦芒、哑石、西渡、雷格、杨铁军、冷霜、胡续冬、周伟驰、周瓒、雷武铃、席亚兵、王敖、马雁、姜涛、余旸、王璞、徐钺、王东东、范雪、李琬等上百位活跃诗坛的新诗作者，北大诗歌真正进入一个百花齐放的时代。从这些诗人变革新诗的努力中，不难看到胡适教授的精神隐现其中。正是因为有这种精神，新诗并未如一些不怀好意的预言家所预言的"五十年后灰飞烟灭"了，而是在变革中不断生长着，壮大着。这个时期，新诗成了北大校园最醒目的风景，诗人气质也成了北大学子身上突出的标志之一。新诗和北大的关系变得更为紧密。

无须赘述，这个时期的北大诗人与校园外的当代诗歌始终有密切的联系和互动，是整个当代诗歌不可分割的组成部分。同时，北大诗人又没有盲目跟随外界的潮流，体现了一种宝贵的独立品质。这种独立品质最重要的一个体现就是其严肃性。对于北大诗人来讲，诗从来不是一种功利的、沽名钓誉的工具。这种严肃性也使得北大诗人内部同样保持了个性和诗艺的独立。北大尽管诗人辈出，队伍庞大，却未利用这一优势拉山头、搞团伙，以在利益分配上获取额外好处。北大诗人再多，却并没有北大派。实际上，北大诗人一直是诗坛的一股清流，是维护诗坛健康、推动诗歌健康发展的耿介而朴直的一股力量。而这一品质的源头仍可以追溯到胡适初创新诗之时为新诗所确立的崇高文化使命。

本诗丛选入 20 世纪 80 年代以来 8 位北大诗人的诗选，他们是：骆一禾、海子、清平、臧棣、戈麦、西渡、周瓒、周伟驰。为了展示每个诗人的整体成就，我们特邀请诗人精选自己各个时期的代表作品，将诗人几十年创作的精华浓缩于一册。这样的编选方法，也是为了方便读者在有限的篇幅内欣赏到更多优秀的诗作。骆一禾、海子、戈麦3位诗人英年早逝，我们特邀请诗人陈东东担任《骆一禾诗选》的编者，西渡担任《海子诗选》《戈麦诗选》的编者。陈东东是骆一禾的生前好友，也是成就卓著的诗人、诗歌批评家，可谓编选《骆一禾诗选》的不二人选。西渡熟悉海子、戈麦的创作情况，也是编选《海子诗选》《戈麦诗选》的合适人选。

　　需要特别说明的是，新时期以来北大诗人众多，八人之选实在无法容纳。现在的这个名单虽然是几经权衡确定的，但并不代表其他的诗人在才华和成就上就有所逊色。实际上，一些诗人由于已有类似本诗丛编选体例的选本问世，故此次不再重复收录。另外，我们也希望日后可以为其他北大诗人提供出版机会，进一步展示新时期北大诗人、北大诗歌的实绩。

编者

2018年10月

自序

此集原系应在澳洲的朋友圣童之邀而编，当时圣童兄有意在他主持的《国际汉语文坛》上出一期我的专刊。等我编好集子，圣童兄的心思已经变化，也就一直搁下来了。感谢人天书店策划了这套《常春藤诗丛》，使我的这个诗选终于得以面世。

我以前出版过三种诗集：《雪景中的柏拉图》（文化艺术出版社，1998），《草之家》（新世界出版社，2002），《鸟语林》（南海出版公司，2010）。虽然收入三种诗集的诗在时间上有交错，但篇目上则没有复见的情况。写诗三十多年，我一直没有出过诗选。《连心锁》（中国友谊出版公司，2005）是我妻子的绘本，其中收录我的诗均见于以上三种诗集，但总计不过三十来首，且有特定主题的限定，不能算是一个完整的诗选。所以，这本书可以说是我的第一本自选诗集，收入其中的诗作，除部分写于 2010 年以后，其余均采自前三种诗集。以篇幅而言，大致将原来三种诗集当中的诗刊落了三分之二。2002年，我曾经将2000年以前的诗编为一个选集《朝向大海》，并在左岸公社网站公开。这次编选2000年前的作品，大致以这个选集为依据，但也从原来刊落的诗中捡回了几首，删去了原来收录的部分诗作。2002年编选的时候，曾经对旧作进行了有克制的修改。这次编选同样对部分诗作进行了修改，希望改后的诗比原来的稍耐看点。

限于篇幅，这本诗选选入的全部为短诗，组诗和篇幅稍长的诗都没有选，起于1989年8月，止于2011年4月，收22年间短诗107首。需要说明的是，原来为《国际汉语文坛》准备的选本是包括了组诗和长诗的，结果排出来一看，篇幅比预计的多出近一倍，不得已只好全部舍去了。这部分也许以后可以另外出一个选本。感到抱歉的是，因为我的失算，让出版方和责任编辑做了许多无用功。

2000年以前，我的写作还算勤奋。2000年以后大为懈怠，一则人到中年，种种琐事分身分神；二则作诗的兴味也减了（也是才尽的表现）。我一直是个业余的诗人，精力之大部都为人生琐事耗去了。虽然我没有什么天下事需要了却，但种种琐事对我这样的平常人也并非可以一推了之的——这也是自身性格弱点使然。我多年来一直希望有朝一日可以彻底忘却营营，把更多精力投入到作诗当中。这是我最大的愿望，也是最大的心事。

西渡

目录

四季的光

一月二月

生铁的光、盐的光

金属的存在的光

三月雨水的光、阳光

四月五月少女的光

锡箔的光、花朵的光

六月果实的光

城市的光

以及水勺子的光

七月八月

爱人们提灯走过草原

妇人的光、婴孩的光

九月十月

谷物的光、平原上野火的光

是两扇门　在远处忽明忽暗

十一月雪光

十二月　最后的生存的光

是水盛在阳光里

我在十二月的雪地里昏睡

在雪地中的一根木头上

昏睡　梦见了少女的身体

梦见　我像一只鸟

穿行在黑暗里

梦见照耀我的四季的光

1989 年 8 月

2

彗　星（一）

爱仅仅是石头。

仅仅是语言、

一种说法。

仅仅是彗星长长的尾巴

预示着一场灾难。

茴香和大腿。

爱仅仅是一次梦想的旅行

抱着船走过海洋。

爱仅仅是闪着青光的剃刀

是月光下

斜插在乳房上的一把刀。

是一把开栓的枪。

爱仅仅是一次不光彩的征服。

爱仅仅是一颗滑出轨道的行星

带着辉煌的
忧伤的尾巴
在坠落。

1989 年 10 月 30 日

恋爱十四行

恋爱　身体的宝石
和闪光。
火和兵刃。
恋爱　是扫帚的光芒
七丛白炽的星星。
是众水之上
的船只。
是玉米和野火的光。
恋爱是飞鸟的肉体。
是飞鸟肉体中的宝石。
恋爱的光
是燃烧的房屋的光
恋爱　就是从肉体
分裂出唯一的宝石。

1989 年 11 月

啼哭的身体

爱人的身体

甜蜜的身体　存在的身体

爱人的身体

两枚在空中追逐的雨水

两只盛在水中的篮子

爱人的身体

两具歌唱的琴　两把刀子

两只饥饿的虎

爱人的身体

甜蜜如鸽子肉的身体

　　　　　运动的身体

爱人的身体

两枚在风中掉落

　　　　的果子

两扇睡着婴儿的窗户

两只啼哭的摇篮

1989 年 11 月 14 日

谷　仓

一直有人
在我的身上转移
粮食。
一些看不见的东西一直
在我的身上转移粮食
一直把我转移到
另一只巨大的胃中
一直把我当作一种杯子
倒了又倒。
而倒空的
被转移的
是农民的节日
是农家孩子在空地上
的哭声。

1989 年 12 月

雪

1

雪
一把刀子
因为来自内部的紧张
极度弯曲着。

雪下着。
冰凉而弯曲的刀子
我一直站在它的刃上。

2

雪埋住平原和城市

蚁群排着队走过来
蚁群扛着武器
唱着歌走过来。
这群悄悄的掩埋者！
它们在奋力推进。

饥饿包围了城市和村庄

3

在雪地里
我感到皮肤像一块
极薄的冰
皮肤下
冬眠的蛇
像一盏熄灭的灯。
一盏冰灯

独自亮着。

4

苍白的雪
在大雪封门的村里
穷孩子
瘦得像一把刀子。
它一直无声地叫着
离开。

雪的距离
总是离我们越来越远
一种神秘的触摸！

5

雪的村子
数声狗吠来自那里
妇人的啼哭来自那里
在冬天透明的杯里有人

睡了。

关上了村子的窗户。
穷孩子
在我的掌中奄奄一息

6

雪地中的诞生。

沿着雪一直走下去
我听见了大地深处
的啼哭
羔羊的啼哭
小马的啼哭
以及门的啼哭
沿着雪一直走下去
我摸开了大地的门
那里边的灯
一直亮着。

洁白的诞生。

7

雪。
一只手伸进谷仓
另一只手伸向河流。

黑暗冰凉的手
我突然感到它
摸进了我的内脏。
我的内脏被那黑暗冰凉的手
抓了一把。

1990 年 1 月

扫　帚

我像一把扫帚
带着伤痛的尾巴
扫过城市、一次
最后的告别。
秘密警察在夜里
带走了消息，我看见
那些即将熄灭的灯光
像一面打烂的箭靶。
天亮时，城市把灰烬
扫在一处，雨水
从建筑物的最高层落下。
城市，一处多年前的伤口
疼痛起来。而不祥之兆
像一个窃贼
跟踪着有轨电车的尾灯

从我面前出走、一种

逃亡的命运

1990 年 2 月

当新生命的啼哭······

当新生命的啼哭伴随着
邻居提灯走来
这时候会有人的心情

格外沉重，正像在婚礼上
我们不能预料明天的结局
只有一种时候

当我们在雨天把死者送往墓地
转身离开
我们的心情才变得如此坦然

面对新生命的诞生
我只能这样向世界表白
"我是来告别的······"

我回忆不起我的前生

也不能带着我心爱的狗儿在另外的旷野流浪

在那个更加拥挤的世界里

我们注定是孤身一人

就像罐头里的沙丁鱼

骨头挨着骨头，却素不相识

1990 年 2 月

17

最小的马

最小的马
我把你放进我的口袋里
最小的马
是我的妻子在婚礼上
吹灭的月光
最小的马
我听见你旷野里的啼哭
像一个孩子
或者像相爱的肉体
睡在我的口袋里
最小的马
我默默数着消逝
的日子，和你暗中相爱
你像一盏灯
就睡在我的口袋里

1990 年 2 月

秋天来到身体的外面

我已经没有时间为世界悲伤
我已经没有时间
为自己准备晚餐或者在傍晚的光线里
读完一本书，我已经没有时间
为你留下最后的书信

秋天用锋利的刀子
代替了雨水和怀念
此刻在我们的故乡晴空万里
只有光在飞行
只有风在杀掠
秋天的斧子来到了我身体的外面

鹰在向更低处盘旋
风在言语。鱼逃入海

神所钟爱的植物的灯成批熄灭
秋天，大地献出了一年的收成
取回了骨头和神秘
取回母亲的嫁妆和马车
取回了上一代的婚姻

人呵，你已经没有时间
甚至完成一次梦想的时间
也被剥夺
在秋天的晴空中
那是风在杀掠，那是
神在报应
在秋天的晴空中
一切都在丧失
只有丑陋的巫婆在风中言语：
快快准备葬礼

1990 年 3 月

黑白铁十四行

雨

黑白铁。归人。镀金铬板。

雪。痛悔这两个字。土豆。

剥土豆的农妇。死亡这两个字。

去年在马里安巴。

今天。还有明天。街道。

铅皮屋顶。接水管。

贫穷这两个字。

集装箱被锈蚀的部分。铁锈红。

闪光的雨水。身体中被死亡占领的通道。

三个中学生。杨花投在矮墙上的阴影。

落满灰尘的星座、从未落上脚印。

但那里始终有一个婴儿

哇哇啼哭、震动了空气。

1990 年 4 月 21 日

蚂蚁和士兵

在正午的阴影里
我窥视着一列一列的红蚂蚁
整齐地走过发白的灯光球场
就像伟大的罗马兵团的士兵
在欧洲的腹地挺进、挥舞明亮的刀剑

在中途，蚂蚁的队伍
遇见阴影，它们的队形变得零乱
就像罗马的骑兵被一次洪水冲散
越过阴影，它们的队伍重新聚集
他们一直来到非洲的边缘

从中午开始，直到
光线斜射蚂蚁的身上
它们的队伍变得虚弱，就像

中暑的罗马人，光荣徒有虚名
帝国的版图收缩到一个矮人的骨架那般大小

蚂蚁的队伍，越过下午四点
匆忙进入黑夜。我已经预见到
一千年前，罗马兵团在沙漠中全军覆没
蚂蚁的行军何其短暂，出现和消失
就在我的一瞥之间，士兵的一生何其短暂
他们的死甚至没有人窥见

1990 年 4 月

治疗之夜

雪在身体之外
下着。房间的白色玻璃上
蒙上了这个时辰的水银

裸体的雪，凸立在梦中
梦凸立在身体中
梦中的积雪，一直

高过了房间最后的窗户
雪独自在梦中走动
梦境中相爱的身体

用哑语互相呼唤
在寂静的白房子里
走动，仿佛两个幽灵

1990 年 5 月 1 日

十四行：反对

弹吉他的人。唱歌的人。

公共场所。买卖婚姻的人。

圆珠笔。餐桌。铲形钱币。

被公证的人。

有着合法婚姻的人。

相声演员。小丑。节目主持人。

避暑胜地。骑自行车的人。

丈夫和父亲：善良的人。

如履薄冰的人。游行队伍中兴高采烈的人。

牢骚满腹、愤愤不平的人。

知识分子。领袖。政府发言人。

鼓吹暴力的人。叛乱的人。

1990 年 5 月 2 日

在宽阔的道路的尽头

在宽阔的道路的尽头
遇见河流，在舞台的休息时间
遇见光。我遇见了你

在宽阔的道路的尽头
遇见黎明，猎人
在长久的守候之后，遇见了

鹿，这在少女们中间
被叫作爱情。玻璃
遇见了嘴唇，败家子的宝石

遇见了驼背的银行家
背上插满羽毛。河流
遇见了干旱。在宽阔的道路的尽头

航海者遇见了爱情，风暴

遇见了晴朗的天气，满腹狐疑的土拨鼠

遇见了秋天，偷猎者遇见了枪

在宽阔的道路的尽头

遇见医生，在秋天遇见了雨

我遇见了不治之症。

1990 年 6 月 28 日

但丁：1290，大雪中（之一）

独自在旷野漂泊多久，在失去你的第一个冬天
这场大雪只为我一个人落下，伸向远方的道路
因而变得更加宽阔而清晰，贝亚特丽契

在旷远的大地上引导我前行，几乎就在地平线尽头
你行走在三千支烛光之上，没有天使紧随
但已足以让我瞻望到天堂的存在，在风雪之上

死亡使永恒有了一个相称的开始
一场大雪，它在我的内心会持续得更久
它的锋刃一直指向明天，我对自己说：

但丁，你要圣洁地生活，在意大利
它正是神的启示，我的内心因此格外紧张
就像在红色帷幕内部，此刻正酝酿伟大的剧情

整整一个冬天，我仿佛走入一颗密封的心脏

在生长的雪地中，贝亚特丽契，我一生的事业

正在完美地呈现

1990 年 9 月

但丁：1290，大雪中（之二）

当一场大雪把我密封在它的内部
我再也走不到冬天的尽头，它只在时间中证明
一种期待的方向，引导我在旷野中继续前行
在遥远的地中海，伊阿宋和他的船员们

走向归程，阿尔戈斯号满载着金羊毛扬起风帆
奥得修斯却被命运引向更加危险的航程
但他们不会比我在一个冬天里走过的路程更加漫长
贝亚特丽契，这是你在意大利的天空下完成的远征

在无垠的雪地中，我失去了记忆
我的心变得像这冬天一样圣洁，在这样的时刻
我重新获得了祈祷的能力，跪倒在你的面前
我觉得有一面孤独的旗帜，一直在意识的深处飘动

它在洁白的时辰中上升，一直飘向白昼结束的地方
在苍茫黄昏，寥廓大地上积雪初霁
但我不会失去你的引导：那些光辉的星辰
正在把我引向一个严峻的高度，此刻

我来到了世界神秘的诞生之地，在那里
时间不再被机械的指针分割，过去和未来联姻
诞生了崭新的生命，伴随着巨大的风暴
我的精神正越来越趋向辽阔和无垠

我在一片晕眩中上升，天堂的大门
第一次为人类中的一个打开，一种永恒
正在神秘的沉默中悄然透露，贝亚特丽契
让我跟随你，一直抵达上帝的心灵

1990 年 9 月 4 日

但丁：1321，阿尔卑斯山巅

在阿尔卑斯山巅，我看见了远方

死神的马车，闪着故乡和波河的光

我一直梦见佛罗伦萨，沐浴在阿波罗的恩泽中

昨夜我完成了神曲的最后一章

凌晨我偶感风寒，神的启示再一次临到我

我恍悟我一直在努力接近死亡

我的一生只有一个可称之为伟大的目标：

在欧洲的最高处死去。现在我达到了，领悟了

却感到空虚，贝亚特丽契的灯

已经在我的内心熄灭，但我知道

人类中那些最杰出者将重蹈我的覆辙

这给我安慰，我在阿尔卑斯山巅微笑

就像阳光下一座白发苍苍的雪峰

1990 年 10 月

琴
——给海子

你的如琴之身
依然在夜晚沉睡
琴马，两件黑暗中的银器
还在沉睡。

从秋天，一只装水果的篮子
还在沉睡。少女在梦中沉睡
从春天到秋天，你
一直在沉睡。

少女身上的蓝色静脉
一直在沉睡。在逝去的春天里
她为爱情病倒，但并没有受伤
她在沉睡。

在梦中，秋天的水果像一只杯子
盖住了琴身，在少女的怀中
水果不停地落下，黑暗中
蓝色琴弦根一样生长。
少女仍在沉睡。

1990 年 10 月

雪景中的柏拉图

在寂然的旷野上下着，这盼望已久的安慰
在柏拉图的旅行中带来短暂的欢欣，就像
阿尔戈船从海上带回波塞冬寒冷的浪花
在他的头脑中，有更好的雪，中国的雪

在科林斯的天空下，和柏拉图骤然相遇
它从庭院的梅花带来问候，人们没有看见
因为人们不够孤单。它来自最高的信仰
这众神的使者，不会在阳光下羞怯地逃遁

更多的雪落下。这孤独的问候
没有人能够拒绝：它问候的是柏拉图的内心
背向阳光的树枝在那里已悄悄生长多年
这问候还会在明天持续。还会持续多年

在图书馆阴暗的天井里，这古代严峻的大师
眺望着逝者的星空，预见到两千年后
美洲的一场雪、一次火灾，以及我们
微不足道的爱情，预见到理想国的大厦在革命中倾覆

但现在时光已教会他沉默，柏拉图和他的雪
在书卷里继续生存，充满了智慧和善意
这时是否该我抚摸着理想国灰暗的封皮
当我深夜从地铁车站步行回家，遇见柏拉图的雪

它劫持着我的想象，在这春天将临的日子
太阳正在向双鱼座走近，这最后的和最早的问候
逼我倾向道德，直到它骤然停住：引导着两只
饥寒交加的麻雀，在我的头颅里寻找粮食

1991 年 3 月 9 日

途中之歌
——给桑克

从忒提斯的海上诞生，
我们惊异于珊瑚的牧场和鱼类珍奇的装饰。
那会是谁得罪了命运？
波塞冬的三叉戟把我们驱赶到岸边；

亡命的奔逃中，我们喷着白沫的浪花，
怀念塞壬的歌声和她们光滑的胴体。
更重的轭套向我们娇嫩的颈，
这年头流浪的兄弟是否已经更少？

天堂的大门就像洪水驱迫着我们，
模仿着那些流浪中途的歌手，我们的日子
在恐惧的迁徙中失落；
柔韧的四肢在灼热的空气中划呀，划呀，

一天天沉重，拖着我们向地狱坠去。
珀珈索斯呀，你是否真在墨杜萨的血液中诞生，
为什么也逃不掉这被奴役的命运，
让驯顺者在时光的轭下汗水蒸腾？

那些在奔驰中倒下的，我们阴郁的灵魂
已经为她们祝福，盐粒的馈赠随泪水流尽，
我们的血变得比水更稀，这途中的匮乏
让魔鬼赢走了我们的灵魂；

亡命的囚徒，在途中遇见了什么，
人们却因此称我们为朝圣者？
夜晚游荡的幽灵，我们在月光下宿营，
梦想着大海，和它那一万里平铺的星辰。

1991 年 3 月

彗 星（二）

我又一次横贯人类的头顶
身后的口袋里拽着晦气和
隐秘的仇恨。
你们从深渊里抬头注视我
一种罪恶的意识
以冷漠的美掠夺了你们。
我就是你们的灾难之星。
除了槽里的食料
和荒废的岁月
我已使你们一无所获。
我让你们的田野荒芜
牲畜死于瘟疫。
我就是特洛伊的海伦
背叛了你们的爱情和婚床。
我就是你们乱伦的姐妹。

你们虚掷的青春。

你们彻底失败的一生。

1991 年 3 月

角宿一

当我从赤道上升，在回归线以北
我把手中的麦穗抱得更紧
在漫长的岁月和轨道的尽头
微微感到晕眩。
我赐给你们蟋蟀、月光和
秋日原野的风景，当我在天空中
短暂地停留。
在你们仰慕的目光注视下
我已倦于起落：对命运更加专注
无怨地居留在自己的体内，虔诚、冷漠和怠慢。
我仍要上升，远离尘寰。
我因此赐自己永生。

1991 年 3 月

天国之花
——献给戈麦

谁提着木桶，在恒河之滨洗马
谁在希腊的海岸洗涤约柜和银器
谁在约旦河中洗手，洗清了骨头
和一生的艰辛，谁在黎明时分进入耶路撒冷

天堂的云朵在东方闪现，主的荣光在东方闪现
这么多的玫瑰，这么多的心灵，这么多的歌手
这么多幸福的灵魂在云端飞翔和舞蹈
神子的脸庞无比安详，那天界之水无比安静

那会是谁血染银河之水，谁在河上坐到天亮
鹊桥上行走的灵啊，谁在更高处指引
谁见过天堂的秋风和落叶，谁在幸福中独自悲伤
谁的不安惊动了主，谁在独自饮泣吞声

虎和狮，谁提剑在天空漫游
谁在杀戮，谁是主的万钧雷霆
谁的震吼抵达遥远人间，谁是大地和母亲
谁曾在人间独自生活，谁曾在大地之上仰望天堂

蔚蓝晴空无比高远，万人在其中歌唱
花朵的军团，花朵的汪洋，其中灵魂欢乐无边
这是灿烂和锦绣，这是前程和远大
万人在其中复活，遍历炼狱的万丈烈焰

谁珍藏着幸福的云图，谁在天路上独自歌唱
这是艰难和险阻，这是冒险行善和失败
天堂之花披麻戴孝，佩在谁的唇上
谁在中途一命归天，谁两手空空远走他乡

谁曾在良心的床上安睡，谁曾是白云和远游
天堂如此广大而空虚，至高的幸福谁人得享
主的侍女在谁的怀中，谁曾携妻带子
在天界的草地上徜徉，像走上故乡

1992 年 1 月

43

秋
——悼念戈麦

一

最后一个下午的蝉声
隐去。一枚树叶
预感到最初的征兆
在高高的树梢上
战栗着。伴随着远游的云朵
九月在空旷的田野上投下
巨大的阴影。当一切
渐渐接近一个沉重的时刻，
第一阵风吹过遥远的村庄：
秋来了。

二

在初秋，北京城里的银杏
大地古老的嫡传
一片片楔形的树叶
献出了最后的金黄。
出游的人们在郊外找到
瘦小活泼的溪水。
高高升起的喷泉，犹如
一声口哨，清脆的声音
在教室外面的草地上
久久不散。

正是适于出游的季节
有人决定独自出走：
让生命永不再来。
你留下了一切：昨天的爱情和荣誉
国家图书馆的阅览证
最后一角硬币。

正是适于出游的天气：
故乡和城市同样晴空万里。
这时候适于干下一桩惊人的事业，
但必须悄悄的：毁弃一切
毁弃诗歌和肉体，还有爱情
我们每日的粮食
一个人按照自己的方式
死去，在黎明之前
当城市和远方的朋友都在沉睡。

三

我们转身走进另一个秋天
在辽阔的北方，溪水已经冻结
河的两岸不再伸手可及
而是相反，就像分手的恋人
那样遥远。我被抛进了更深的孤独
把一颗悲痛的心交还给人的母亲。

相爱者，在这个时刻
我们要互道珍重
在黎明之前，我们还会有
足够的时间留给生者
想一想那个如此高尚而杰出的死者
这是他留给我们的最后一个夜晚
他爱过我们，他曾经善意地宽恕
如今他不再爱，也不再宽恕

四

十一月是一个悲伤的客人
它的名字叫暮秋，它的凶器是子夜
它曾在暮雨中叩打着
古老衰朽的门楣，像一头悲哀的野兽
坚硬的茬口留在地里，秋天却离去了
把悲伤留给贫困的人们。

雨水停留在枯朽的树枝上

金黄的银杏叶纷飞

像一场悲痛的雨

遮没了未名湖的小径。

最后的时刻曾在那里停留

精确得像一架天平

称量出我们这个时代的分量:

一边是诗和荣誉,加上圣洁的思想

一边是郊外的公共厕所,分量刚好相当

1992 年初

死亡之诗

……这时候我所向往的另一半是死亡
在故乡的天空下重新回到泥土
把最后一份财富分给贫穷的儿童
瘦弱的臂膊上搭着最后一名
双目失明的民歌手,走下水中
在背阴的山坡后面彻底消失
这时候我还能看到最后的
宝石之光、在静止不动的水面上……

1992 年 3 月 15 日

海上的风

海上的风从哪里来
远离岸上的人们孤独的妄想
我来到天朗气清的大海，水平无际
我没有在海上找到风浪的踪影
甲板上忙碌的身影犹如明镜上的灰尘

浩瀚的大海漂浮在人们的梦际
犹如一块沉睡的大陆
生长鲨鱼的恐怖和危险的传说
我在岸上写下歌颂大海的诗篇，却从未了解
暴风雨的故乡和它的人民

大海呵，我不能对你有更多的了解
犹如我不了解年幼的情人的梦想
她把青春献给一个失望的老人

她从大海得到什么样的馈赠
我感恩接受却无从疑问

我第一次访问大海，我已面临着衰老
我没有见到排浪而起的海上的巨鲸
它在我幼年的梦想中得到栖身的天堂
我所描摹过的海上的珍禽，笨拙的飞行家
渺无踪影，它们是否随我的青春一同消逝

渊面的中心如此平静，海碧而天青
阳光犹如牧放的羊群，面对大海我没有不安
大海呵，从今往后我如何将你梦想
我的收藏也正是你的收藏
我期待一阵风一阵浪带我向远方
诺亚的方舟是海上唯一的船只
我是唯一的旅人，不出于神恩出于惩戒

海上的风从哪里来
我来到海上抱头沉睡，冒充神明
地旷天低，它终能使人如此梦想

诺亚的方舟是海上唯一的船只

我是唯一的旅人，不出于神恩出于惩戒

1993 年 6 月 15 日

颐和园里湖观鸦

仿佛所有的树叶一齐飞到天上
仿佛所有着黑袍的僧侣在天空
默诵晦暗的经文。我仰头观望
越过湖堤分割的一小片荒凉水面

在这座繁华的皇家园林之西
人迹罕至的一隅，仿佛
专为奉献给这个荒寂的冬日
头顶上盘旋不去的鸦群呼喊着

整整一个下午，我独踞湖岸
我拍掌，看它们从树梢飞起
把阴郁的念头撒满晴空，仿佛
一面面地狱的账单，向人世

索要偿还。它们落下来
像是被生活撕毁的梦想的契约
我知道它们还要在夜晚侵入
我的梦境，要求一篇颂扬黑暗的文字

1994 年

朝向大海

一

翻越青色的山脉
抵达阳光明亮的一侧
苍翠的松枝挑起了大海
波涛把永恒的喧响送到耳边

翻越青色的山脉
我呼吸到不一样的空气
我看到另一个明亮的白昼
在山脉的另一侧、大海的这一面

二

天尽头，大海合上
疲倦的翅膀。
雨燕掠过乡村的屋顶
风在树梢考验人的耐性。

在我烦闷的皮肤下，
另一个我已迫不及待地醒来。
只要一阵催促生长的雨
他就要成长为一名合格的新人。

三

雨呵，请把我带到山脉的那边
让我看一看另外的事物
让我在海风的吹拂下变得赤裸
像一个向深水划去的泳者。

让我远离所有这些平庸的事物
狭小的房屋，不得不接受的肉体
以及接连不断的错误的意愿
它们已使我变得自私而麻木。

四

风向变了！
倾盆大雨从山脉上俯冲而下
我还需要以巨大的忍耐
观察、等待，然后

一跃而起，像孤注一掷
的金枪鱼，投向新生
我经历过多少次这样的考验
这次却使我感到晕眩。

五

雨后的光亮从山坡上消失，
事物向古老的黑暗转身。
而我将悄悄翻越巨大的山脉
抵达阳光明亮的另一侧。

但愿我在另一个天空下醒来！
我的窗户朝向浩渺的大海，
海鸥把窝做到我的耳朵上，
而唤醒我的是第一阵清新的海风。

六

那天我翻越过青色山脉
进入大海的怀抱。
我的呼吸像一片湿润的羽毛
涌出太多的柔情。

大海的对面，山脉像一列鲸鱼。

而我长出了海豚的皮肤，

我看见另一个自己

在天水相连的地方缓缓消失。

1996 年 5 月 26 日

天　鹅

她用梦想爱抚远方的事物
她所抵达的境界过于幽深
她的船帆迷失于如胶似漆的风暴
她的颈项顶着南方鹳鸟的黑巢

她所抵达的境界过于高远
天使的翅膀也难于遮藏
那样纯粹的高度，她梦见的
比福音书中的信仰更催人猛醒

最秘密的地方，最经常被触及
她宽阔的前额需要花露水的洁净
她的双手需要在哗哗的流水中
一遍遍清洗。她在幻觉中

甚至抵达了天琴座琴弓的内侧
在那里变成了一只纯种的天鹅
越来越信赖脚蹼的运动
——紧紧地压在席梦思床垫上

她白皙的裸体沉醉于某种境界
胳膊的支持越来越无力，因此
她最感疑惑的问题是：在那样的境界中
她是怎样失掉她的翅膀的？

1997 年 6 月 25 日

为大海而写的一支探戈

海风吹拂窗帘的静脉，天空的玫瑰
梦想打磨时光的镜片，我看见大海
的脚爪，从正午的镜子倒立而出
把夏天的银器卷入狂暴的海水

你呵，你的孤独被大海侵犯，你梦中的鱼群
被大海驱赶。河流退向河汉
大海却从未把你放过，青铜铠甲的武士
海浪将你锻打，头顶绿火焰焚烧

而一面单数的旗帜被目击，离开复数的旗帜
在天空中独自展开，在一个人的头脑中
留下大海的芭蕾之舞，把脚尖踮起
你就会看见被蔑视的思想的高度

大海的乌贼释放出多疑的乌云
直升机降下暴雨闪亮的起落架
我阅读哲学的天空，诗歌的大海
一本书被放大到无限，押上波浪的韵脚

早上的暴风雨从海上带来
凉爽的气息，仍未从厨房的窗台上消失
在重要的时刻你不能出门，这是来自
暴风雨的告诫，和大海的愿望并不一致

通过上升的喷泉，海被传递到你的指尖
像马群一样狂野的海，飞奔中
被一根镀银的金属管勒住马头
黑铁的天空又倾倒出成吨的闪电

国家意志组织过奔腾的民意
夏天的大海却生了病。海水从街道上退去
暴露出成批蜂窝状的岩石和建筑
大海从树木退去，留下波浪的纹理

而星空选中在一个空虚的颅骨中飞翔

你打击一个人，就是抹去一片星空

帮助一个人，就是让思想得到生存的空间

当你从海滨抽身离去，一个夏天就此变得荒凉

1997 年 7 月 1 日

生日派对上的女子像

晚会已接近尾声，谈话渐渐
冷落下来，男士们到走廊里抽烟
女士们的话题开始转移到孩子身上
而她却像一部自动的说话机器
开足马力，精美的食物提供了足够的能量
"你为什么不理解漂亮女人
的独身？只要不结婚
我们的美全都上了保险。"
（感谢上帝，她确实应该带上
足够的保险。）"你们男人全都
一样，只会把真正的美白白糟蹋……"

胃口太坏，讽刺已深入到食物
使我的胃一再挨饿。"为什么

不吃些西瓜？"一盘鲜红诱人的西瓜
刚刚被撤走，而我还没来得及
动用我锃亮的餐叉。"太可惜了……"
不知道是指西瓜，还是指她那
曲高和寡的美。"独身的女人
就像被冰镇过，变得更像女人。"
她顿了一下，等待我的赞赏
我小声附和："也许吃起来更可口。"
"你的说法真卑劣，你们男人……"

郑重的抗议被一根鱼刺
卡在嗓子里，她紧张得直掉泪
来宾中的外科医生为她
解除了险情。我适时地把脸转向窗外
经验越来越雷同，没有一种美
能控制住尖叫，也没有一种德性
能坚持着，不软下来。在余下的时间里
她一个人呆在一边暗暗伤心，不知道是
记恨鱼刺的伤害，还是惆怅美少于知音

当她握紧我的手跟我道别，我闻到
一股不穿裤衩的气味，在狼藉的杯盘之上

1997 年 7 月 1 日

在硬卧车厢里

在开往南昌的硬卧车厢里
他用大哥大操纵着北京的生意
他运筹帷幄的男人气概发动起邻座
一位异性的图书推销员的谈兴。
——他之所以没有乘上飞机
或者在软卧车厢内伸躺他得体的四肢
再一次表明：在我们的国家
金钱还远远不是万能的。

"我猜你原先的单位也许状况不佳
是它成全了你。至于我，就毁在
有一份相当令人欣羡的工作，想想
十年前我就拿到这个数。"她竖起
一根小葱般的手指，"心满意足

是成不了气候的。但你必须相信
如果我早年下海，干得不会比你逊色！
你能够相信这一点，是不是？"

"你怀疑？你是故意气我的，
你这人！"他在不失风度地道歉之后
开始叙述他漫长的奋斗史，他的失意
他的挫折，他后来的成功，他现今的抱负
他对未来的判断。她为他的失意
唉声叹气，她的眼眶中仿佛镶进了
一粒钻石，为他的成功而惊喜
几乎像一对恋人。他撕开一袋泡面

"让我来，"她在泡面碗里冲上开水，
"看你那样，就知道离不开女人的照顾。"
"其实我一直没有……"谈话渐渐滑入
不适于第三者旁听的氛围。我退进过道
回避陈腐的羞耻心。在火车进入南方
的稻田之后，在一个风景秀丽的城市

他们提前下了车，合乎情理的说法是
图书推销员生了病，因此男人的手
恰到好处地扶住她的腰款款离去

1997 年 7 月 21 日

电视剧

开始的时候，他在前面
跑，一些人在后面追
士兵把他的女人拖入帐中
他在沙漠里挨饿
后来改变了位置，他在后面
那些人在前面
整整一个夏天，我看着
一个人一步步登上皇位
反对他称帝的结义兄弟
被禁卫军追杀，死在客栈
他娶了敌人的女儿
妃子们争风吃醋
为他生下一堆儿女
当初追随他的人越来越少
他了解其中的奥秘

他的年纪渐渐大了

暗杀事件渐渐多起来

最终他们把血溅到龙袍上

年幼的太子，开始了另一轮逃亡

1997 年 7 月 30 日

渡 海
——仿多多

一团乌云滚过天空
一个失败者渡海而去
一阵秋风刮走记忆

记忆，那陈尸的马厩里
腐败的花朵……

一张脸拒绝无辜
一个决心决心毁掉
一个梦梦见放弃

天真，被天真毁掉的
姑娘，时代的贞操！

房屋、家园、仁爱、祖国

他彻底背叛了这一切，把门板
甩向父亲苍老的脸！

在父亲苍老的脸上，秋天的犁铧
镌刻着大地的邪恶

谁曾在这样一个邪恶的时刻
回头？！那第二次的背叛
比第一次更无法原谅

镀锌的邪恶，在海浪的背上
伸出带钩的爪子，索要清白的饷银

一个渡海者的包袱里
一只新剖的橙子，装得下
晴天和雨天、酒和醉

而废弃了陈腐的眷属！在浪涛中
他把友谊的相册撕得粉碎

他爱过的一切

他现在全都憎恨！

一夜之间苍老的心长出锋利的牙齿

大海的牙齿，咬碎了

咬碎了，那蓝色的，那记忆的，鳞片

1997 年 10 月 13 日

风或芦苇之歌

所有必将消逝的事物……

啊！风与我们同在！

    ——圣-琼·佩斯

一

伸手抱住的是一阵风

裸身而行的风，穿过

多情的腰肢，追赶着

另一阵风，像一匹最小的马

追赶着另一匹，举着细小的手掌

在雨中跳舞的是另一阵风，歌唱的

是另一阵风。从浪花的身影中

我已无法认出你。你究竟是谁？

二

两片叶子之间悬挂着一阵风
安息的浪花中间睡着一阵风
风的腰。风的胳膊。风的歌
哪里是风的跳跃的心？

一阵风吹进了果实的心里
一阵风吹进了月光中的月光
从千万条欢迎的胳膊中
谁能辨认出那最细小的一双？

三

我热爱：一切已逝之物和
将逝之物……迷恋万物的孩子
你钟情于游戏。所有的门
为你而开，所有的眼睛在码头翘首你的归途

为什么你总在不断离去？
从告别的帆，我认识你的姿态
你来了，但是为什么
我在兴奋中抱住的总是我自己？

四

在你的千万条臂膊中是哪一条
摇动了我，是哪一双眼睛
在镜子中注视过我慌乱的失态？
在春天我长出同样多的臂膊

而这是否仍然只是你的诡计？
我屈身于你，失去了快乐的本性
抱紧我，劫持我，高大的伙伴
我们将消失于哪个波峰，哪个浪影？

五

我听得懂浪花的语言
我们之间古老的谣曲。河水涨落
两腰消瘦。多事的蜂群
在我细小的腰肢间一路嗅着

它们嗅出了你在春天留下的
气息。在那秘密的地方
悄悄开出了多么招眼的花朵
爱情的苦囚，在秋天以饥饿为粮仓！

六

吹笛人，从你的笛孔里
吹奏出七条青色的小蛇
吹笛人，把七枚小钱赶到水中
把七只蜡烛放上窗台

七个小人祝福了我们的婚床
最小的手把我的手放到
你的手上，那在我们之间牵引着
我们的，是大地古老的誓约

七

我屈身。我低头。我叹息。
我消失。你已变得如此狂暴
听不到我的呼唤。我从镜子中
看到另一个我，赤裸着身体追随你

我将成为另一个你吗？
为什么我骄傲并快乐于
成为你的牺牲？被狂暴者所纵容
我和你一起消失于午夜的逝水

1998 年 6 月 18 日—27 日

在黑暗中
——致臧棣

在黑暗中他看起来像一堆
庞然大物，镇纸一样
把黑暗压在身下。或者说黑暗
像坐垫一样垫在他的屁股下

他在黑暗中静坐的形象，像拿着
一根针，努力把什么东西串起来
他一拽，便有一根线被一下拉直
然后像吐丝一样从里面引出

更多的线。他像一个穿针引线的高手
在黑暗中缝缀一件无缝的天衣
然后他突然跃起，像被黑暗
从椅子上弹起来。他转身走到阳台上

从那里俯视着黑暗。他伸出手

像要从他的体内捧出什么

已经成熟的事物，一下子房内一片光明

他说："我终要给世界贡献出一样东西。"

1998 年 10 月 14 日

向下看或关于路
——致臧棣

算上弗罗斯特，一共有三条路
加入我们之间的讨论。我走过的那条
称得上蜿蜒婀娜，像某种冷血动物
把我带到了它的尽头：即使在那里

我仍然没法看清它邪恶的小脑袋，似乎
它并非尽头，只是强迫你从那里
往下看。比起仰视的姿势，事实上
我更习惯于俯视梦中的万丈深渊

问题不在于往下看总是比往上看
更惊心触目——此刻我的两条腿
正在悬崖边上打着战——而在于我们
低头时总能比抬头时看见更多的东西

但令我意外的是，人们总是在
俯视时闭上眼睛，而在仰视时
把眼睛睁得大大的，像一片春草池塘
似乎就要从中跳出一对湿润的青蛙

它们刚刚在稻田里做完爱，径直跳上了
除夕的餐桌，成为今年的最后一道佳肴
而一年的尽头正是一个恰到好处的制高点
便于我看见我滞留在低处的灵魂，一群人

围着它指指点点，两个顽童躲在人群后面
正在捡石头。我突然惊叫一声，在梦中
失足跌下。醒来，我决定独自下山
我踩着它的脊梁，沿着反方向走去

1998 年 12 月 12 日

"文化大革命"结束的日子

刚刚下过秋天的第一场霜

在朦胧的曙色中，我们集合在

村口的老樟树下——我们就是

全村的小学生——为发生在北京的

事情加入天真的阐释；一面红旗

在清晨微寒的空气中指引着我们

像一个引人注目的前引号，把我们

引入历史杂乱无章的引文里。

我们举起小拳头——这是我们

上学之后学会的第一个习惯——憋足劲

高喊："大快人心事，揪出……"

我们绕村喊了三圈，然后大人们

起来，挑水、生火、牵出牲口

恢复了乡村生活的秩序。历史

被删除了。在我们解散之前，远远地

弟弟和妹妹在队伍后面跟着，像
一串省略号后面那个几乎被漏掉的
后引号——这使我们成为两代人，我相信
我们之间的差别就是从那个早上开始的

1999 年 2 月 6 日

登东岩坞

遥知兄弟登高处。

——王维

在阵阵松涛中呼吸到盐的气味！
午后我们步入松荫，将村庄
远远地撇在山下。我们继续向上攀升
阳光在针叶上嗡鸣，轻轻托举着
饶舌的喜鹊之窝。我用右手指点
山脉与溪涧，把它们介绍给
远道而来的友人。对面的群山
有奔马的姿势，不， 有奔马的灵魂
正从岩石中挪出四蹄，朝天空飞去
——岩石内部有血一样浓稠的岩浆
那是万物狂躁而不安分的心灵

应和着季节的节拍，上升到树梢
牵引着我们的目光。这时从山下
一个肉眼的观察者几乎不能发现我们
除非我们从附近搬来石块，垒起灶头
然后用干燥的松枝催燃神明的火焰
他将猜测那是两个业余的狩猎者
在享用他们愉快的时辰。他几乎猜对了
只是我们猎获的仅仅是我们随风飘动
的思绪，在半山腰，我们使它染上明亮的
蓝烟，升起，并像情人的发辫一样散开……

1999 年 9 月 28 日

冬日黎明

月亮像一只透明的河虾
带着湿淋淋的印象
从群山的怀抱中挣脱了。
第一声鸡啼，把溪滩上的薄雾
向白天提了提；渐渐显露的河水
像一片活泼的舌头舔进了
群山脑髓间记忆的矿脉：
它触及了皮肤下另一条隐秘的河流
几乎和我们看见的一模一样，但
更温暖，更符合人性的需要；
令人惊讶的程度，就像我们突然发现
在我们所爱的人身上活着
另一个我们完全陌生的人。

光明在冬日依然坚持拜访我们——

唤醒树上的居民，命令她们

发出奇异的声响，然后用山风

吹打畜棚的窗棂，使它们

在栅栏内不安躁动，哞哞叫。

一条通向光明的道路上，走来了

第一个汲水的人，和光明劈面遭遇：

太阳跃上了群山的肩头，抖开

一匹金黄的布匹，像一头狮子

用震吼把秩序强加给山谷。

记忆像河上的薄冰无声地融化了，

我重新拥有了这一切，并几乎

哼出了那遗忘已久的歌声

用它轻轻唤醒那个始终活在我身上

　　　　却拒绝醒来的孩子

1999 年 11 月 6 日

存在主义者

他以思想作为生活的盾牌
或堑壕，与他的对手签订城下之盟
他不但把它应用于对生活的理解，而且
用思想的唾沫调和生活中难以消化的部分

使它适合虚弱的脾胃。他承认对于生活
他胃口不佳；骑马，游泳和旅行
一切行动都使他疲惫："我与我的身体
相处不好，它渴望我和它一同下坠……"

有时他又把它变作进攻的矛，"在一场
从床上发动的战争中，权力永远是
一剂强有力的春药"，女人们献身于他
但与他本人相比，她们更渴望与他的思想上床

在与他的关系中，那些女人以身体
为代价，获得了她们渴望的"存在"
而他得到了他所渴望的女人的"多样性"
蹊跷的是，"偶然的爱情"似乎比"必然的爱情"

更易于使他确认自己的存在，并使他相信
"生活不同于词语的地方，在于它
始终是湿润的……"他用他的独眼
观察生活，并得出了独具慧眼的结论

"我们必须在每一特殊的情势中发明出
道德的直觉"：在卧室地板上，道德的湿迹
留下摇曳的花纹，显示了人性的诡计惯于
隐藏于感情的弥天大雾中，越来越不露痕迹

他使劲咬着烟斗，仿佛它是生活的把柄
和蔑视的理由。"我最终的命运是成为
一本书，一些词语……"但是尘世的声名
有赖于激进的行动，他谢绝"一切来自官方的荣誉"

在红色中国和古巴，他置身被接见的行列
"我更渴望拥抱她们赤裸的身体，介入其实
是次要的"，出于好斗的本能，他伪造了
他的一生。他死的时候，巴黎万人空巷

这也许是他最得意的一天，"借助于女人
和思想，我出色地忍受了生活，现在
我再也不会为它呕吐了"。但是，"他真的
存在过吗？"一个存在主义的永恒疑惑

1999 年 11 月 7 日

饥饿艺术家

并不是没有什么可吃的
但是为了保持旺盛的胃口
他必须一直饿下去

正如为了爱世界
必须放弃世界
否则就在世界的裂隙中丧身

对食物必须坚持高标准
让饥饿锤炼出伟大的想象力
无论对初夏的草莓，还是冬天寒风中

烤栗子的香味，他的嗅觉和味觉
都保持尖锐的敏感，对此
退位的神一定表示赞赏

除了担心想象力
他用不着担心别的
而饕餮者很快发现

再没有什么可吃的
更严重的危险在于
他们从未拥有适当的品味

所以饥饿既是最艰难的艺术
也是天赋的艺术，从中没有人
倒下去，却使人性免受挑剔

1999 年 12 月 6 日

蜜　蜂

爱了，就把爱情坚持到底。

我们的一生短如一瞬，
我们采蜜，为爱情输税
又输血；瞧，我们半透明的阴影，

晕眩于烈日的寂静；
我们的翅膀为爱情而弯折。
谁教我们把爱巢筑在

天堂的高度，好听到风声
在下面嗖嗖地吹过去，像
不怀好意的预言？大地上，

花的影子也嗖嗖地吹过去，

像光线的乳房，而月亮和我们
脸贴脸，让我们沿花茎攀升。

佯装的疯传染了所有的花朵，
爱就是一根扎进肉里的刺，
一生的痒，锦被中的虱子，

挠不着，也挠不完。
为了爱发动一场战争，我们只有
一种致命的武器，一生九死的命；

噢，所谓爱就是自我了结。
我们不传种，不接代，
把精血涂在烈日下，花影中，

把我们的命换成别人的命；
我们坠落，从遥远的星球，轻轻地
掉进爱情的掌握中。

1999 年 12 月 10 日

公共时代的菜园

被公共生活开除的部分。
它看上去像我们在室外
开辟出的一片领地，其实属于
真正的内室。黄瓜、豆角、西红柿
它们的种子仿佛是从我们的皮肤中
分泌出来的，带着强烈的汗味儿
一个自由主义者坚信它们是
人性中还没有被时代意志彻底
征服的部分。

　　　　　春天，我从远山上
剪下含苞未放的桃枝，移入菜畦
等待春风给它们的小手送上一个
难以置信的礼物。为了救治
祖父的病，我和堂弟在围墙的
石缝里栽上草药，直到它们

的浓荫在我们的愿望中覆盖了
菜园的四季。噢，公共生活的针尖
在私人菜园里弯软了，我们就用它
在公社的稻田里钓起顶呱呱的青蛙
　　　　　　一九七六年春天
我们在园中栽上五株泡桐，多么快
它们的枝叶越过屋顶，伸向天空
表情团结得像一家五口。这一年
公社生活即将走到它的尽头，而
菜园中绿汪汪的油菜像一群莽撞的孩子
提前进入了一个疑虑重重的新时代：
一个时代结束的消息在菜园中
散播开来，像一场春雨淋湿园中
韭菜，那想象的花园中的诗行
　　　充满了生长的巨大愿望

　　　　　　　　　　1999 年 12 月 29 日

云

当天空中出现一朵云
仿佛上帝打着伞
在我们头顶经过：给我们一刻钟
出神的时间，使我们忽然产生
搬梯子的愿望，甚至在我们的身上
装上一对翅膀，让我们围绕着云朵
做一次短暂的飞行。像天使的食物
他们毛茸茸的身体越来越臃肿，越来越
不适合于大地的尺寸。天神离去后
脚下的大地变得越来越像一座荒废的机场
当我们感到皮肤变凉，那一定是他们
在天空中移动，徒劳地
向我们伸着手，掠过大地。

云究竟来自天上，还是从大地升向天空？

如果它不是来自天上，那么是否还有
别的事物从天上访问过我们？
或者如果它不升自大地，是否还有另外的事物
能够从大地升向天空？当我仰望天空
我总是感到在我们的身上有什么东西
把我们和云紧紧地系在一起。那就是为什么
当一朵云在天空中经过，我身上的某些部分
就会隐隐作痛，像是有一个秘密的器官
被偷偷摘去：我似乎能听到一声召唤来自天上
并感到一阵永恒的渴意。

2000 年 8 月 3 日

101

蜘　蛛

黑夜的早产儿，吃腐烂的良心

长大，一脸的衰老经

从它藏身的位置

它得出结论：世界是一顿到来的美餐！

而蜘蛛是安静的：

像一台尘埃中的电机

它的肚子中缠绕着

一捆又一捆的电线

向世界输送着相反的

电力——围绕着古老的轨道。

关于世界的前途

它赞成——用脚爪

表决，把大海和天空

装上黑框，用墨汁

把灯泡涂黑，让少女们永不醒来！

2000 年 8 月 7 日

树　木

树，巨大的树，天堂的影子。

———瓦雷里

树木生长在树林里。
从大地，它们汲取水分
和养料，从天空
它们捕捉阳光和空气。

它们呼吸，并使世界
变得适合我们的需要。
它们开花，吐出大地的秘密：
结果，献出太阳的精华。

粗糙的树皮下流动着
大地的血液。而又有谁

比它们更通晓飞鸟和星辰

的语言？我要向树木致敬，

做一个定居者：让我

卖掉我的自行车，把脚掌

钉在大地上，脱光衣服，

变成一棵枝繁叶茂的大树。

2000 年 8 月 18 日

在海滨浴场

晃颤的乳房犹如私人的贡品，
不能为家屋包藏的神秘火焰，
像一卷名画展开精心收藏的
古老的魅力，像蜜柑一样甜！

而男人们灰烬般苍白的肉身，
在泳帽里像一排排红头火柴，
供给一次燃烧；女人如卷烟
被一个隐身的神把玩于手心。

被宠坏了的女人们陪神打牌，
我们时代的神呵在地产公司
的玻璃幕墙后已经睡意沉沉，
他迷恋上了人间通宵的饮宴。

沙丘上天使的大号文胸神秘
地耀眼，被一群好奇的海鸥
穿上了天，它们兴奋地拍翅，
快乐的呻吟散发经期的气味。

如果夜晚来临，而我把月亮
比作阿尔忒弥斯的一只妙乳，
请你猜一猜另一只会在哪里？
如果不知道答案尽管去问风。

同样的神秘火焰催大海翻身，
防鲨网外一头向往人类生活
的海豚正变成一个火焰少女，
敞开丰盈的肢体令海岸倾斜。

2000 年 9 月 9 日

107

野天鹅

讲完十二只野天鹅，抱他上床，
开始漫长的自我对话，突然回神，
"爸爸！你快来陪我睡觉！"
把一首诗的结尾吓回了笔胆。
我上床，他跟我商量："爸爸！
我想和你睡一张床。"先斩后奏
小人儿抱着大被子一骨碌
爬上了大床。"爸爸！你说人为什么
要睡觉？""不睡觉明天就醒不了。"
"那你给我再讲个故事吧。"
"咱俩已经拉过钩，说话要算数！"
"一次不算，两次才算。""瞎说！"
"那我明天可不可以多吃一根冰棍？"
我答应，他终于翻身沉默。
整个晚上，我和他之间像

分配好了任务，我替他盖被子，
他利索地把被子踢开。
昏昏沉沉熬到天明，"爸爸！
天亮了，快起床！"一下子
从我的枕头下抽走了睡眠的
小梯子。"我可以吃两个冰棍了吗？"

2000 年 9 月 10 日

秋　歌

秋天，最后的裸露的乳房，
秋天，最后的异性的光芒，
生存的道路像刀刃一样窄，
月光和最后的雨都是细的。

秋天，天空运送着密云的军团，
秋天，云朵的后面神在读诗，
椅子的靠背磨光后颅的头发，
他起身，我们的天就开始下雨。

秋天，树木的呼吸转暗，影子变长，
而在树木的内部，一把白刃的斧子
敲击着，鼓声咚咚，落叶纷纷，
蝴蝶拉着枯叶的手掉进舞蹈的深渊

秋天，树木的嘴角渗出血，还穿着裙子，
秋天，满山的枫叶在燃烧，还露着肩膀，
秋天，姑娘的身体在溪水中发抖，还剩爱，
秋天，我们的泪水已干，还剩田野的悲伤。

秋天，这最后的光我已目睹，
秋天呵，我为什么身陷其中？
靠着这最后的光芒，我静静立着，
像一株白桦，像一个裸身的少女。

2000 年 9 月 14 日

玉渊潭公园的野鸭（一）

仿佛春天临时租用的格言

在漂浮的冰块之间

五六个灰褐色的影子

移动着，在初春凛冽的寒风中

执拗地向公园里的晨练者

阐释着雪莱的诗句。

我感到好奇，为什么

每年总会有一些野鸭

留在这里，度过

一年中最寒冷的日子。

它们为什么留恋

这小片寒冷的水面？

它们小心移动的样子

仿佛随身携带着什么易碎的器皿

忍耐而胆怯，生僻如信仰

仿佛刚刚孵化出来

等着我们去领养。

而我也确实感到某种犹疑

是把它们装进我的口袋

领回家去，用它们教育

我即将出生的孩子，还是

听任预报中的寒潮

摧折它们娇弱的翅膀？

但它们并不理会我的问题

把头埋入水中，沉浸在

我所不知的另一种境界中。

2001 年 8 月 17 日

港 口

他回来了，带着他的百桨巨轮
　　那曾使希腊海岸大为惊异的
和爱情的虏获物，美丽的海伦
　　而她将使特洛伊的神祇惊叹
港口像星期天一样忙碌，船员们
彼此召唤着，把他们从墨涅拉俄斯
宫中运回的财宝，搬上亚洲的海岸

卡桑得拉，只有你一个人看见
　　那新人赤裸双脚，身披烈火
她黑色的裙子忍受海风的吹打
　　像盲目的蝙蝠。她走下舷梯
巨大的落日在她的肩上轰响着
沉入海水。紧接着，黑夜迅速
降临，那悲哀、恐惧、寒冷的夜

2001 年 10 月 28 日

月　夜

风吹楝树，满院
跳动着那么多银色的小鱼！

闻着奇异的鱼腥味，光头的小银匠
走进村巷，变成一只懒猫，
使劲推月光的小门。
推呀推
那一道道精灵之门
吱呀一声
轻轻打开又合上。
小银匠，小银匠，
你去了哪里？

黎明的肩上

月光

痛哭了一晚！

2002 年 1 月 24 日

露天煤矿
——为宝卿而作

曾经有伟大的心愿
被砸埋在地下，仿佛
为了验证一个朴素的信仰

人们像抽血似的
把它们弄出地层
注入工业熏黑的心脏

而在调度室的望远镜
看来，心潮难平的矿区
就像癌变的乳房切除后

留下的瘢痕。仿佛揭开了
地狱的盖子，在我们的注视中
电铲车和运输车像蝎子一样

在地层下慌张地爬来爬去
事实上，它们每个都有
恐龙的体魄和食肉动物的胆量

这里的现场指挥为我们讲解
矿区的历史："经过十年的努力
我们才取得这样的进展"

而细雨解释着它不能作为人的悲伤
这里的景象也为人类总结出
简洁的定义：一种深入的动物

正如他同样喜欢浅出。虽然
浅出的方式多种多样，但
深入的方式却总是一样无情

我们的车沿左侧行驶
深入到第十八层：那里乌黑的煤
亮晶晶的，像地狱喷出的墨汁

2002 年 2 月 19 日

对风的一种修辞学观察

把虚无转化成一种专制的力量
对我们的时代不仅意味着
一种自由的风格，而且几乎是
一种伟大的品质。风行的路线
上可牵挽云的纤手，下可
安抚浪的细腰，调皮的时候
可以像一截牧羊鞭抽打
浪的肥臀。憋足一股风气
可以和遗老的山较劲儿
心软了，可以把自己变作
雨的轿子、花的枕巾
用最细的吸管、最多情的嘴
吸干草叶上的露水。也是
最风流的浪子，压倒一排排草

剥下她们的细腰裤，让她们

大吃一惊，来不及捂住惊鸿一瞥的

风情。和蝴蝶是同谋，喜欢

替小气的花做媒，把玫瑰的风致

发挥到极致，把牡丹的风仪提升为

风度，甚至塑造成一种风貌

这就是为什么他们管那样的事情

叫风月。而这已是我们时代的风俗

虽然有违我们的风纪，却是

十足的风趣。而当你摇身变成

威风，甘心做老虎的屁股

风雨飘摇，我们的心跌入谷底

风云际会，你的身影出入于天堂

风调雨顺，我们坐着木盆

去远方流浪。追随着你的来龙和去脉

一首伟大的诗在暗中完成

而你从远方束紧我的腰，如果

抽去你的风姿，我的诗就碎裂

像人们所说的风化石

逆风而行，我们体会什么叫自由
风吹草动，我们领悟什么叫自性
阴风阵阵，让我们露出猴子的原形

2002 年 2 月 19 日

厂卫之歌

我们的身份像一则关乎
人性的隐晦的谜语。
我们的形象是权力的
乱发中，篦不去的
烦恼的虱子。

克制着人性，也败坏着人性。
像黑色的药末，我们混进
庆祝的人群。人们嫌恶我们的存在，
只有告密者递来暧昧的笑容。

我们的漫游多么不同，
有目标而无所事事。
为了权贵和后宫的安全，
把自己暴露在危险中。

空气中，有一根隐秘的手指
不停地弹着我们的后脑勺。
一根吱吱响的引线，
把我们的肉体当成了家。
不知道怎样拆除，
不知道怎么停止。

噢，我们的形象
是权力的乱发中
篦不去的烦恼的虱子。
我们的身份像一则关乎
人性的隐晦的谜语。

2002 年 2 月 23 日

在玉渊潭公园

你在岸边催促着我，手伸向
一片单独的草地。暖洋洋的天气
正适合用一本书挡住太阳
把胳膊垫在脑袋下。不远处
一个三岁的男孩摇摇晃晃地

奔跑，像是小猫的爪子
扒弄的一团彩色线球
而你正用另一团线球
把阳光织入我身上的暖意
移动在湖面上的野鸭，就像

一排贴上镜面的花黄
或者一段爱情的铭文，还没有
被时光的手不经意地抹去
我感到如果它们拍翅飞起

镜子里的人就会小声哭泣

　　稍远些，一段桥拱就像
青春绕不开的一段弯路
矗立在那里。醉心于感情的男女
正携手走在那上面，而我们
也是刚刚从那上面走过

　　我们起身向湖边走去。园丁
正把去年的落叶收进编织袋
堆放在树荫下。它们看上去
沉甸甸的，就像粗心的神
输掉的脑袋，成为献给时光的礼物

　　一个练习长跑的人脱下
身上的毛线背心，搭在那上面
他看上去瘦精精的，像是一件
更有派头的礼物，时光正急于
把他收入囊中。而他已开始奔跑

2002 年 2 月 23 日

实验课

我们被派往秋天的郊外
去寻找两颗相同的梨子，
就像从同一模本拓印的两封情书，
它们在我们之前被派往生活的港口
去酝酿两杯不同剧情的鸡尾酒。

出于对贫困年代的惩处，
我们尝到的总是变了味的苦酒，
像是掺入了嫉妒女神的乳汁。
在诗歌中，我们经常受困于
同样的情形，但这样的问题

确实不值得在餐桌上拿出来
认真讨论。像一面夸张的镜子，
一只猫不停地用洗脸的动作

去哄赶一群不断落下来的
犹如空虚的象形的果蝇。

空虚的再象形，是树上的梨子
被摘光时留在树枝间的东西。
它的存在不大也不小，但你不能
把它解释成一种空间，在质量上
和空洞也绝不相类。出于某种理由

一只梨子被遗忘在树枝间
赋予它可爱的形体和某种味道，
专门留给我们这样的人去品尝。
一段石板路，像一段摘录的
格言，总结着乡村生活的秩序：

它曾是高大的天使摇晃着
起飞时借助的跑道，荒废了。
秋天的湖泊被狂热的灌溉
抽干了水，露出了干涸的谜底，
像我们的一只盲了的左眼，

方便于我们用冷静的右眼去瞄准
一个有待形成的结论。生活中
值得我们为之献身的东西
太少了，而我们狭小的房间里
却堆满了不断劝诱我们

去投身甚至为她们失身的东西。
当他们预先得到警报后撤时，
你却被遗留在那样一个位置上，
远离地面。梯子在关键的时刻
撤走了，你却由此获得了

一个观察生活的绝佳的角度。
从树上，"啪"的一声，梨子离开枝头
不是垂直坠向地面，而是婀娜地
飞向蓝色的宇宙，像是用自己的献身
去测量宇宙的深度。悬吗？有一点，

但却不存在有时被戏称为悬念的细线
星星升起时，月亮像一只放生的小船

划到了梨树的顶端。因为你的手中
没什么可用于放生的东西，你把自己
像条小鱼似的放了出去，欢快地
游向广袤得令人兴奋的宇宙。

2002 年 3 月 2 日

旧地重游

贴身的树林保持着礼节性的
沉默，而喜鹊的陌生感
则用突然拍动翅膀来表态。
由于缺少雨水补给，山间的湖泊
比我离开的时候
　　　　　　　瘦了好几圈。
只有蜜蜂仍执拗地绕着
你留下的气味转圈，书写着
针对人性的奇怪的问号。群山
仿佛由一个寂静的神统领着
而青蛙的扑通声，不难被想象成
神的心跳，潜涌的血流
则由静悄悄的溪水充当着。
　　　　　　　阳光
跌落在树荫里，仿佛受潮的引信

已难以引申出压抑多年的心声。
对我来说，难以面对的反而不是
曾经养育我的山水和亲人的问候，
而是蜜蜂的质询。那是你留下的难题
即使我能从自身召唤出一位
敏于思辨的神，也难以回答
这样的针对自身的疑问。

        因此
我决定将它委托给大嗓门的
松涛，让它去替我们钻牛角尖
并且提前声明，对由此造成的
可能的后果概不负责
而那也许是我们不得不在另一次
旧地重游时，替哀泣的山神拭泪

2002 年 6 月 10 日

发　明

回头望去，我们才知道偏离
出发时选定的路线有多远
我说我们，仅仅是出于习惯
事实上，我已经有很长时间
没有你的消息，我甚至不知道
是在什么地方失去你的，只记得
最后一次见你是在一个藏有岔路的
河口，那里正举行一个热闹的婚礼
往前走，有更多的道路带着自我
质询的热情，纠缠成深深的疑团
被称作回头路的那一条，则越来越
像模糊的裸体裹进了白茫茫的雾中
为了重逢，我必须独自发明一架
时间机器，并且打败我可能遭遇的
每一个幽魂；它的出口的另一端

搭在我们共同做过的梦中。我会像
一只从天花板掉落的公猫，带着
血腥的印象跌进你现世的生活吗？
我们还有重新开始的机会吗？我早已
不屑问这样的问题。我认为发明
一件东西，永远比从死去的灵感中
榨出一两个问题的答案更重要：
我更愿意相信，发明本身就是答案

2002 年 6 月 12 日

日常奇迹

关于日常的奇迹，雨比我们
也比刚刚搓完澡的神有更好
的想法。如果我们接受邀请
走到他们称为外面而事实却是
里面的地方，这些想法就会
成为我们和它们之间的一个
秘密。事物倾向于自己的本性
树木也开始沉湎于自我思考
树枝间的果实像发亮的问号
延伸着自我的疑问，水果店
则遭遇了入夏以来的头一回冷场
露天的自行车，像拔光了毛的
乌鸦，依偎在一起，暴露出
它们内部的黑和冷，埋在哭中
起重机张开双臂，拥抱

大而无当的欲望。汽车憋着
闷儿，熄火在街角，好像旧世界
走失的孤儿
　　　　　在波浪汹涌的渡口
垂钓于暮年湖畔的人换上了
晚年的新皮。事实上，湿也是
万物共同的皮肤。湿重新把
我们生下，作为与万物的连体
儿：最阴险的手术刀也不能
把我们从新世界的身上分离
这样的奇迹我们曾经多么熟悉
今天我们重新和雨攀上亲戚
衣服一件件脱去，暴露出苍白
的肌肤：那些日常的仇恨在我们
身上留下了多么丑陋的印记
现在，让我们一起去教训那些留在
室内的人们吧，我要在自己身上唤醒
另一种饥饿，划向日益明亮的天机

2002 年 6 月 13 日

没 有

望，盲人的故乡。

——清平

大雪急下的夜晚，没有星星
河水上涨的早晨，没有雾
噢，当命运再一次无边无际地
漫过我，我终于懂得，怎样用

自身的黑暗爱上一个人。河的两岸
滑溜溜的，没有即兴的船
在河上摆渡，没有善解人意
的桥，连接广阔的心愿。此时

只有你不失时机地现身
给命运安上一双不安分的裸足

像一个微型的马达，使规定的
情节急转直下，成为没有的主语

而我开始像一个动词，迷恋于
行动，结果是，在宾语的
缺席中，重新把你错认
徒然地，在梦中追忆与命运女神

辩论的细节，由此得出的结论：
我们永远不可能结束自身，即使
我们把死当成一个宾语，向命运
使劲推销，结束也永远是不可能的

2002 年 6 月 19 日

云杉坪

缆车把我们送上的高度
是许多人一生也没有到达的。
在这样的高度，除了张大嘴巴呼吸
人所能做的其实很有限，所以
我们理所当然处于自然的怀抱中
我们中的游记作家，在写给旅行杂志
的通讯中，用抒情的笔调，惊叹着
自然的神奇和美丽。自然的确是美丽的
无疑也是神奇的，而小熊猫用剥下的皮
补充着我们的证据。我现在才知道
高度是烈性的，负责给我们的态度泄气。

但在八月的风中，真正让我感到惊讶的
却是，是谁又为什么在这里的密林中

清理出这样一块空地。给我们角度
让我们窥探女神的秘密，给我们信念
让我们在天地之外，为幸福虚构出
第三个国度。一排野花，像女神胸衣上
的花边；一串蝴蝶，像坠落的扣子
飞进了树林深处，暴露了白雪般的乳房
一朵云，像殷勤的侍女，飞过来
遮住了我们还没有看够的一切。

我们中的多数人并非自然的膜拜者
在这样的时刻来到这样一个地方
纯然出于偶然的安排。在这样的高度
我们的态度是否正确，完全取决于
我们的呼吸。有时候，我们面对的
是一面镜子，把我们作为一种污染
赤裸裸地暴露在环境里。有时候
它是一个我们做过的梦，用一路
的颠簸，把我们变成它天真的儿子
有时候它是一种期待，把我们

变成它白眼球中的黑瞳仁，就像附近的

一株云杉，把一对正在孵育后代的

岩鹰，变成了它临时的双筒望远镜。

2002 年 6 月 29 日

甘海子

这里的野花用盛开来回答
我们对存在的永恒的疑问；
蜜蜂忙上忙下，好像在雨季过后
刚刚恢复了就业。在附近
蝴蝶猛拍风的马屁，试图掀起
一场针对蜜蜂和野花的攻势
而我在想，用这样的色彩
一个印象派画家会画下什么？
作为礼物，它们的确太不起眼，
但是，对于今天这样的日子，
你还能选出比它们更适合的
礼物吗？它们的位置正好
位于山腰，放肆地丈量着
女神的臀围，但它们不说话，
只是用哑语泄露了它们知道的

秘密。似乎在我们之间也存在
类似的秘密，引得蝴蝶好奇
为什么我独自访问你的时候
总是空着两手？不同的是
我们之间的秘密不开放，而是
被巧妙地隐藏。还是这里的野花
最了解，当我看上去
游手好闲的时候，其实是
携带着世界上最美妙的礼物
但它们不知道的是，在我们
工作的时候，几乎很难分清
谁扮演花，谁又扮演蜜蜂
这构成了我们之间最深湛的秘密。

2002 年 7 月 2 日

连心锁

我走向你时，你一直站在桥上
发呆，看上去似乎正用绝望的饵
诱惑着下面的什么，而视线的尽头
真的有东西在上钩。清晨的白雾中
它用它的耐性跟你较着劲。你通宵未归

而我也是彻夜未眠，胸口似乎压着
一块靠我一个人无论如何也搬不动
的石头。从一开始我就弄不明白
事情怎么会发展到这一步，难道
仅仅因为它有一个不慎重的开始？

有些事情但愿从未发生，另一些
发生了，就像从来没有发生过一样
那似乎是说，但愿我们从未爱过
问题的恼人之处在于，早年的贫困

仍在追逐我们，把我们在生活的坩埚中

熬成一锅乱糟糟的牺牲。我试图
用恳求唤醒你的记忆，但我的话
肯定被水中的家伙当饵吃了，此刻
它们正忙着到上游去洗耳朵。喷泉的
耳朵似乎最善于倾听，而且不倦地

向我们表白着它所理解的生活
似乎它不仅能清新我们的呼吸
也能抚慰我们的灵魂。清晨的风
带着神秘的凉意，吹进我们的身体
白雾散尽时，我们看清的东西

在我们的身体中强行插入了
一把钥匙，只听咔嗒一声
我们的身体中，有一把生锈的锁
突然打开了，掉落在冰凉的草丛中
几乎与此同时，你轻轻挣脱了我的手

2002 年 7 月 14 日

青　春

美貌像溺水者一样在镜中呼喊。

彩蜘蛛把血涂在你的脸上。

囚禁达那厄的空中花园。

春天！一万枝花挥动苍白的胳膊。

2002 年 8 月 18 日

玉渊潭公园的野鸭（二）

有好几个月我没有看见它们
仿佛它们悄悄移出了
我的生活。事实是
我再没有初春的心情
看它们在浮动的冰层间
静静游弋。在夏天
人们需要另一种火热的生活
远离沉思或静观。说到生活
我们所拥有的领域
不大于这片狭小的水面
但更单调。再次见到它们
已是夏末。每天增加的泳者
把它们赶向一片更狭小的水面
它们的个头放大了好几倍
一对对在水面漂移，透露着

成熟的风采，表明它们

和我们一样热爱生活

或者栖息在湖心的圆石上，把头

埋进翅膀，像退出生活的

隐士。有几只爬上了湖堤

看它们慢吞吞、笨拙的步伐

你会怀疑它们是否仍属于

飞行的族类，但如果

你想驱逐它们，它们就会

扇动翅膀，飞起来

飞过你的头顶，飞向

另一片天空，把惊呆的你

留在一片污浊的水塘边

2002 年 8 月 24 日

屠龙术

朱泙漫学屠龙于支离益，单千金之家，
三年技成，而无所用其巧。
　　　　　　　　——《庄子·列御寇》

巨笔屠龙手，微官似马曹。
　　　　　　　　——苏轼

庄子这故事说的是一个人
为了钻研一种无用的本领
倾尽了家产。当他的技艺
炉火纯青，他的青春已飘零

对于那秘密的技艺，我们也
略知一二，我们甚至发明了龙
但我们终究无法为自己发明天空

这就是我们一切悲伤的起因

我们的故事说到底是同一个故事
我们结识另一些身怀绝技的人
高楼上通宵的倾谈，我们的精力
被一再地浪费。但在我们的情形中

浪费也许就是俭省，但故事
也可能不是同一个故事。我们发明的
重新发明我们。我们曾为此私下忏悔
却常常有一种傲慢的脱离大地的感觉

2002 年 9 月 14 日

学校门口的年轻母亲

当他把你交给我的时候，你
曾是我丰盛的喜悦并使我
成长，当时我并不关心他
对你的将来是否感到忧虑。

而当我不得不把你交出去，
你却是我每日的忧愁：这个
充满疾患、灾祸和不公的人世，
你要用幼小的身体一一度量。

去吧，孩子，松开妈妈的手，
去从歧视和不公中学会公正，
让苦难和灾祸教会你爱和同情，
从严酷的限制中拓展你的自由。

而我将一如既往地守候，即使
黑夜来临，满城升起灯火，
即使你永不归来，我从此失去你：
你就是我付出了一切的生活。

2002 年 11 月 2 日

村　庄

出于淘气，我们剥光了山上的树皮，
出于贪婪，我们捕光了河里的鱼。
用标语，我们刷遍公社的墙，
用口号，我们污染大队的天空。
十八岁，我们爱上村里的姑娘，
十八岁，我们离开了村庄。
……我们离开了村庄，却把姑娘
忘在村上，却把村庄忘在山上，
却把山忘在荒凉的风中……

2002 年 11 月 9 日

152

晨跑者之歌

"虚无的王位在追逐你"

我不是你，每天早起晨跑
像天真的孩子，哭着嚷着跟家长要
成长！仿佛它就是你当年渴望已久的
那只玩具熊。这是我第一次看见早上的太阳
公园里退休的太极拳和柳荫里
变声期的咏叹调。再见！祖国
新鲜的早晨和早餐桌上溢出的
蛋黄似的朝阳。我坚持把我的昏睡

继续到你的早餐里。可我却总在梦里撞上
你光着身子被恐惧从卧室里赶出来
天还没亮哪！你开始跑动的时候
前方是一块开阔的野麦地，大地

像一封从打印机里吐出的信自动展开

可一眨眼工夫，你就跑进了一座

两侧耸立着玻璃幕墙的幽暗峡谷

柳梢头，你试图用弹弓取消的

那些活蹦乱跳的麻雀，什么时候

换成了按时上下班的呆鸟？缩着脑袋

躲在修剪整齐的八小时的塑料灌木里。在前方

二郎神瞪着红黄绿的三只眼拦住去路

这是你的亡命途？你在愤怒的青春期摔打过的

天堂的坛坛罐罐一辈子都在追逐你。你急停

侧身拐进另一条明亮的大街，迎头撞上

一种新规格的超短裙宠物，可爱得

犹如全身粘满时尚软毛的太妃猫，脚蹬

性感皮靴。你尾随她们进入超级市场

在货架边一矬身，变成一串黑亮的美国李子

意外地，她们血红的爪子破了你的魔法

可就没有人察觉这李子怎么这么沉！

挤在地铁里，紧挨着一对上海鸳鸯

和一对北京鸭，和各种杂乱的消息——
他们的谎言替你松了绑，你乘机恢复了本相

逃脱了新世纪的新女性那超能的胃
你重新跑进明亮的阳光里。小时候
你总是一听到喇叭的口令就跳下床
随时调整步伐，但最近你忽然觉得不对劲
你的听力似乎出了问题，总是跟不上趟儿
或是跑得太快，跑出了轨
或是太慢，又跑错了方向
真正的问题可能在于你总是听得太多

绝对的辨音力需要绝对的偏听！
你总是不停地对我抱怨，可要我说
你还是六十年代出生的旁观者
所以，尽管你跑步进了新世纪，你还是
错会了时代的暗示；所以，尽管你有格调
把跑步变成了你性格中的游标卡尺
你还是被娇妻的一纸休书赶下了车
撂在一个人的站台上干生气。而我不像你

我干脆在火车上侧身躺下去，拒绝和邻座
玩撞大运的游戏。但你的脚怎么伸进了我的梦里？！
在梦里，我似乎也不由自主地像一匹木马
机械地奔跑起来。那是你在我的身体里奔跑！
噢，但愿我一觉醒来，火车已经停靠
一个上世纪的火车站，站台上上世纪的人物
人来人往：四周围着一圈穿白大褂的医生
正研究我的嗜睡症，而你仍没有停止奔跑

2002 年 11 月 27 日

裸泳者的夏日

在湖上，在蔚蓝的天空和
蔚蓝的湖水之间，你的裸体
看上去像一片洁白的云，一封
坚持把自己投递给天堂的信

一只孤独的天鹅游向湖心。
你划水，腾起细小的浪花
和细小的浪花，你蹬腿
水就轻轻松开；你停下

水就将你淹没。那么自由
那么有力，仿佛有什么力量
从水下支持你。再坚持一会儿

你就要化身为天空中的泳者——

没有水，没有空气，抛开所有依傍

只剩下不断向前的、永恒不朽的动作。

2002 年 11 月 28 日

玉 米

我们性命所系的粮食
来自另一块大陆
林间的一小块隙地
草丛中偶然的抛掷

你生长，突破
青草和虚无的包围
一生把腰杆挺直
身后也不屑攀附

腰佩短剑，开花吐穗！
拥有世上最完美的性
哦，一天天沉迷于自我
让左手和右手相爱

白天像一根针

紧紧吸住太阳的光芒

夜晚千里独行

窃取星月的秘密

头脑紧张地运思

思想清洁了前额

创造大地上的奇迹

变泥土为黄金和钻石！

2002 年 12 月 6 日

160

出　走

在上一个渡口错失后，我独自
　　逆着河岸走了这么远
　　两岸的麦子细如我们的心弦
　　和你们的手指，试探着彼此的脉搏
这是春天的事。夏天
　　灵魂的眼睛在天上迷惑于
　　你的方向和我的远游。几株野梨
　　裹在少妇的头巾里，以一个
　　永恒的盼望的姿势宣示着
爱的教义。是她们在田野上
　　独自抚育了这么多的儿女。枝叶间
　　野蜂跳着狂野的舞蹈，企图
　　软化你的心。梨子的味道
　　尝到最后却酸倒了牙齿
枫树点着了新婚的蜡烛

在十月，屋檐下挑着圆月

的纸灯笼。白雪皑皑的冬天

河流封冻，冷血的动物

再也无法干扰我的视线

我终于追踪到你的脚印

像一串梅花，刚刚从打印机里

吐出的秘密的爱，提醒我

前往或返回，迷乱我的心……

2002 年 12 月 7 日

冬　天

冬天来了，贫寒的大雪
又一次覆盖乡村的屋顶。
斗争结束了，
公社的喇叭也安静了。
青松忍受着，为了融雪的风，
越冬的麦苗忍受着，为了春天，
灵魂忍受着，沉默于漫长的黑暗……

2002 年 12 月 20 日

玉渊潭踏雪

连日的大雪给交通安上刹车
却丰富了生活的内涵，把大地
变成一本新写的书，修正了
欲望错误的拼写，教导我们
重新做一个读者。枯朽的树枝

第一次从上天获得了一个
意义的自我，正沉醉于对未来
的领悟。在玉渊潭公园
这样的领悟从一大早就开始了
当我们走向冻结的湖面，让两只

臭脚板咔嚓咔嚓的议论传向
对岸，仿佛我们正与冰层下面的
对踵人过招。最早认输的人

已经悄悄上岸，而我们玩兴正浓
还可以再来三十个回合。我们走过

一排排雪人，向年终总结中的自我
最后一次道别。孩子们的兴致更高
他们充满勇气的追问迫使湖水
暴露了自己的心事：成群的野鸭
在一个日益缩小的空间漂游、嬉戏

仿佛向天鹅借来了风度，向鹰隼
借来了勇气，无视冬天的法则
野鸭的数量远少于人类，但它们的
家族荣誉却使你我蒙羞。它们亲如一家
而我们分裂成一对对或者一家家

各扫门前雪，各堆自己的雪人
打自己的雪仗，冷自己的冷
当我们带领孩子在湖面上奔跑
我们是快乐的，但假如我们没有办法
继承野鸭的风度，我们就不能把

这样一种生活的特例转化成
生活的常例。一个傻子像一个
生僻的字，冲着天空嗬嗬地喊叫
他的光脚、乱发和破棉袄一起
接受了来自上方的普遍的恩赐

这时候，一只喜鹊做了我们的邻居
把多余的祝福撒到我们的脖领中
而大雪仍在急下，愤怒的神仍在挥毫
再次把启示下到冰封的湖中
并从那儿把我们轻轻提上树梢

2002 年 12 月 21 日

166

碧塔海

要动用多少无瑕的比喻
才能抵达你清澈的心境？
一只小船划向湖心
却难以抵达你的内心。
是失恋的神在大地上
刻下的一个伤心的记号
还是为幸福储藏的
一滴泪水？我们从未
养育过这么美丽的女儿
你也不像是我们爱过的
任何女人。如果有天鹅出没
你就是一面温润的镜子
让高深和高贵对映（饮）湖心
你是我们和神之间订立
却不曾被遵守的婚约

停下桨，解开层层缠绕的
鞋带，我们投进你的怀抱
犹如受尽欺凌的情侣
在你的怀抱中变成一对
幸福的黄鸭

　　向前游去……

2003 年 1 月

风 景

你的灵魂是一幅精选的风景。

——魏尔伦

我们终于来到的地方
风景主要由树木和移动的
云朵构成。远处的青山
以全部的深蓝为背景
勾勒出世界上最深远的舞台
大片大片的绿以解放者的姿态
把五月的剧情推向高潮
更多的绿，从大地的深处
从六月、七月和八月
涌来，掀起绿的五级浪
而在群山的脑沟中依然
闪耀着四月红杜鹃的

点彩画。一条波光闪闪的河流

枕着风景的腰，引诱我们进入

她不曾启齿的秘密；蝴蝶

穿梭于成千的"我"和

上万的"你"之间，忙着

把"上"和"下"连缀成

天衣无缝的"我们"。后来

月亮参加进来，组成了

我们之间的三人行，在

旅行者的底片上镌刻上

最鲜明的记忆。呵，月亮

它的忠贞欣然迷途于

五月的绿色的夜

远方的迷恋者

我们曾经深入风景的每一处褶皱

把生活的帐篷搭在

她骄傲的乳峰上

匆忙地扩张自我的领地

换一个比喻，我们曾经

像一对燕子在青春的梁间

呢喃，迷恋于自我的深度

把彼此当成灵魂的镜子

——现在，我仍然是一面

坚持递给你的镜子

压在你出嫁前的箱底

珍藏着一幅幅不朽的风景

你的灵魂的精选……

2005 年 5 月 3 日

伐　木

伐木丁丁，鸟鸣嘤嘤。
——《诗经》

一寸一寸的声音
越过清晨薄雾的河面
传自对岸
隔河的人梦见
有人穿着皮靴咔嚓
咔嚓走在山的颅腔里
靴尖锯末乱飞

他们议论，鸟便飞走
他们挥汗，花便停止开放
他们跳舞，云便停止下雨
他们前进，歌声便退却

他们喝水，河就断流

树木一千年的积蓄
在一个早上挥霍一空
伴随着一声倒塌的巨响
山　陡然降低了高度
河上漂满巨大的原木

空山　空山　空山

2005 年 5 月 7 日

声 音

为了寻找它
我早早地来到树林
比失眠的人起得还早

一缕一缕的白雾
像黑夜匆匆离去时
来不及系上的腰带
裹住了树林的纤腰
白蘑菇
像纽扣散落一地

太阳对着树林
瞧啊瞧
瞧出了自己的女儿身
露珠一直在想法

藏起自己的小镜子
被太阳的儿子
一把抓住了小手

百灵鸟在高高的树冠上
唱出了清晨的第一支歌
紧接着
所有的鸟一起唱起来
我赶紧拿出
昨晚准备好的小药瓶
把阳光、露水、空气和鸟鸣
一齐装进瓶子
然后
旋紧忠实的橡皮盖子

我迈着小林神的脚步
来到你的床前
你的嘴角边还延续着
昨夜的残梦
用世界上最小号的注射器

我把它们统统注入
你芳香的灵魂

然后，你醒来
开口说出
世界上最动听的声音

2005 年 8 月 11 日

一　瞬

向下走，翻过一座山又一座山，
穿行于密林，傍晚，几乎迷了路，
我们的心中悄悄掠过一丝忧虑。
突然，在黑暗的谷底，一座寺庙出现，
像光明升起，它的僧众的礼忏，
它的圣洁的斋餐的馨香。
按照古老的礼节，我们受到接待，然后
沉沉入睡，直到在翌晨的鸟鸣中醒来。

许多年过去，我还记得这一瞬的印象
一座神奇的寺院在人迹罕至的深山
珍藏了千年，却好像一直在期盼
这黄昏的短暂的相遇，正当
我们饥肠辘辘，满心焦急，
黑暗即将从头顶把我们淹没。

它的出现，好像信仰，那么突然，
以它的大光明，把我们轻轻托出水面。

2005 年 10 月 7 日

喀纳斯
——致蒋浩

是风景使我们安静。
雪山，仿佛创世的神
偶然留下的一页手稿
昭示了起源的秘密。
蓝天、深湖和幽暗的树林
处处可见神的思虑，
满坡的野花是神留给自己的
也是留给人的额外奖赏。
而那托起蝴蝶轻盈翅膀的
也仍然是他呼吸的芬芳。

仿佛置身于心灵的边界，
一天之内，我们踏勘了
自我的山水。踏遍青山
几乎就是，深入

自我的异域。风景
仿佛是自我放大的镜子，
消融了我们内心的迷茫。
好像我们来到远方
就是为了在神的家门口
更贴近地发现自己……

白云，在天地之间袅袅
好像我们寻找一天的神
吐纳呼吸，提醒我们
另外的探讨自我的方式。
湖水深不可测，犹如
神的幽暗的本性，明亮
却是对人性的刻意酬劳。
于是我们感激地发现
在我们身上，正有一对新人
神秘地脱胎，向着亘古的新。

如此人间，是美好的……

2007 年

奥依塔克

——致蒋浩

雪山是神的镀银的座椅。

而假如是一个喜欢抽烟的神,

白云就会是他吐出的烟圈。

那么,困惑着午后之神的

又是什么呢?我们的攀登

像是来自局外的大胆的猜测。

当我抬起头来凝望雪山,

我内心里就有一小片光明

跟着闪耀起来。不只是幽暗的人性

把我们吸引到这样的高度。

一路追随我们的野花

抢先跑向牧人的屋顶,

用摇曳向我们展示更小的神性。

我乐于承认，这种喜悦

补偿了攀登的艰辛。

一路追随我们的，还有

一群牵马的小柯尔克孜，

另一些大地的野性的孩子。

他们寡言，但有礼；

固执，然而谦卑。

他们的文明完全受益于

大地的教育。神创造，

但不说话。而我们习惯于用语言

讨价还价。神傲慢吗？

你说，这样的问题最好去请教山。

在山的世界里，高度

是纯粹的自然，傲慢则绝不！

当我们抵达，和大地的

孩子一起叫喊，欢呼，

神也出现在他们中间

——在三千里外的暗房中

如此神秘地显影，

如冰川源头危险的光闪烁，

为我们失去的日子加冕。

2007 年

微　神

从来没有一位
让我膜拜的神
但亲近我的、钟情于游戏的
神，却有好多

此刻，正有一位
钻进我的抽屉
试图从我过去的墨迹里
帮助我找到失败的证据

还有很多位躲藏在书页间
每当我收拾书柜
便打着喷嚏，从字句里
跳出来，愤怒地和我打招呼

还有一位更小的神
喜欢骑着蚊子
在房间里飞来飞去
他的忠告总是来得非常及时

另一位提醒说：
"可别忘了我，我
一直住在灯的心脏里
给你的日子带来光明。"

另外的神热爱美食
住在厨房里，专注于菜谱
关心我的健康
可他们始终没有习惯冷心肠的冰箱

而你一直是他们暗中的领袖
噢，你这小小的幸福的家神
美好得像一个人
我因你而知道，为什么

木头的中心是火
大海深处有永不停息的马达
（那五十亿颗心脏的合唱）
宇宙空心的内部一直在下雨

如此，我膜拜你这心尖的微神

2008 年 5 月 27 日

梅花三弄

三月，携故人东郊访梅
我的情怀是满山的梅花
饮酒、听琴箫合奏
在春风里一直坐到黄昏

四月，我思故人
到山中摘一把青梅
煮一壶老酒
让心情缭绕梅香、酒香

五月，山中的梅子熟了
城里没有故人的消息
我的怀念是落不尽的梅雨
漫过长江的堤岸

六月，梅子下枝
我的思恋是满山的青
那郁积的绿的海呵
望穿故人的秋水

啊，钟山！钟情的山

2008 年 6 月 1 日

鸟语林

我们在林中醒来时，
夜还没有完全退潮。
风的无形的妙手
说服了我们的好奇心，
在我们的身体内安装了
一对青春的弹簧，
使我们走起路来
又有了轻快的节奏，
甚至驱散了
我从数千里外的省城
带来的宿醉。
深山中的大湖比我们
午后抵达时显得
更加幽深，像一个
关于自我的巨大的谜团，

命令我们练习猜想与反驳。

猜中的奖赏，据说

就是我们一无所知的幸福；

猜错呢，那惩罚其实

我们每天一直领受着。

白雾从湖上退去时，

并没有暴露出深藏的谜底；

沿着湖边的栈道，

我们走过的路线，无疑

像一个个费力的问号，

执着地打探来自湖底的消息；

但你偏说，那是我们的自由意志

考验着青春的耐心。

第一声清脆的鸟鸣

引来众鸟和鸣，把我们

刚刚离开的山谷变成

一只硕大的音箱，

挽留住我们回返的步伐。

噢，这个漫长的黎明，

我们一起倾听了那么久，

带着迷惑的、感恩的表情：

好像树梢的声音之神刚刚诞生，

把我们变成了它的一对逼肖的耳朵。

2008 年 8 月 24 日

秋　歌

无边落木
——杜甫

一夜落木，太阳的巡演接近尾声，
在行星中间盛传着来自太空的秘闻，
神的头发稀了，神的头脑空了，天使在人间挨饿，
被两只经过的燕子抬入天空深处的摇椅，
陷入昏沉的、持续的梦境。
梦见圣诞老人，就着月光，补袜子的窟窿；
梦见其他的神的不倦的游戏，那也是我和你的游戏。

大树也在做梦，他站着，梦见早年走失的表亲，
梦见她又穿上少女时代的白裙子，
在冰水的池子里参加婚礼，客人都是肥胖的企鹅。
梦见蝉退出最后的身体，结束诗人生涯，

把歌声藏进木质的深处。

午夜过后，人也在做梦，梦见垂头垂脑的天使，
宣告，神和万物一同老去。
时光的脱臼的关节，
发出失群的孤雁的哀唳。
再往前，记忆是唯一的财富。
我们的爱也要经受考验，
能否帮我们坚持到另一个春天。

做梦吧，哭吧，点上蜡烛哀悼吧，
成长已经废止，田野已经腾空，
新来的神被钉上十字架，流遍天空的血，神的遗言。
眼看海水没顶，花园的门纷纷关闭。

2008 年 9 月 3 日

193

苇 岸

我只见过你一次。

在一个郊区的诗歌朗诵会上，

你从台上走下来和迟到的我握手。

不久，家新告诉我你病了

但我忙着一些琐碎的事情，

没有去医院看你。

我只来得及参加你的葬礼，

一群人簇拥着，

把你的骨灰撒在北方四月的麦地里，

那是属于你自己，你也属于它的土地。

快十年了，我逐渐接近你的信念，

但在梦中，我并没有告诉你这一点。

你依然关注着诗歌，

用电子邮件从另一个世界

发来关于诗歌的箴言，

让我惊叹智慧在死后的成长。

朋友们等待你出席一个会议，

却终于没有如愿——

我猛然醒转，正好听见

午夜的雷声滚过夏夜的天空，

大雨倾盆而至，仿佛你最新的赠礼。

2008 年 8 月 24 日

蝴蝶梦

蝴蝶的梦把触须伸到花蕊的外面。

长腿蚱蜢的梦是绿色的。

夏至过后，我的梦开始有一点发蓝。

石榴，梦着梦着就把自己变成夏的新娘。

在通往游泳池的路上，

他们拦住一个少年索要

一枚青橙的羞涩的爱情。

一眨眼，大海的腾挪功夫练到炉火纯青。

山更强大，把自己藏进更深的阴影。

从此它爱上用云给自己染发，

一会儿银白，一会儿墨黑，傍晚时

又钟情于对着晚霞梳妆。

猫说，我的梦呢？

说罢，追着自己的影子消失在云中。

2008 年 8 月 28 日

石　海

我爱它们云的姿态，

奔驰的动物的姿态，

放肆的浪的姿态，

被禁锢在姿态里的姿态。

在天上，它们和哮天犬一起追逐过猴子。

误入人间的经历，是一部叫《石头记》的回忆录。

杜鹃和野葡萄在它们的姿态里生长，

软化了、香甜了它们的梦。

哦，自从落地生根，它们一直做着关于飞翔的梦。

小心翼翼的旅游者暗地里知道

它们什么时候醒来，什么时候就要飞翔。

2008 年 8 月 29 日

醒

合闭的花瓣外边，仿佛有光亮
和细小的声音，从远方召唤她。
而她在犹豫，把颈子更深地埋进翅膀。

她抱着自己，像抱着梦。再多睡一会儿。
再多加一床雪的、厚的被子。
血液在融化，又从哪里升起模糊的意识。

另有一只更小的鸟在啄
梦的白色的蛋壳，从里边，
告诉她，会做梦的，也会飞。

她听见，却继续用翅膀抵御
隔年的阳光，隔世的光明。
让春风在梦的外边再等一会儿。

哦，白色的鸟，赤裸的灵魂，
我愿意在梦的外边继续守候，
继续往你的梦境里传递新诗。

让阳光再酝酿一会儿，让复活来得再慢些，
让花园的上空更明亮，抖落陈年的积雪，
睁开眼你就看见了我为你准备的满城春光。

2008 年 9 月 4 日

西　湖

1

北方女子的容颜
迷惘了一湖的烟水

我的独木舟驶不动了
桨翼染上沉重的叹息

明媚的波光凝视着
一个男子独自离开
走向对岸的花园

2

你微笑的面颊上
醒过来苏堤的春光
桃花刹那艳丽了

你轻泛的眼波中
海棠在打瞌睡
流光闪烁不已

在花港
我等待着去年的花轿
鱼儿却不肯浮出水面

哪里是柳浪的莺
哪里是吴山的最高处
哪里是终日焚香的庙宇

在你的身上？

西湖的烟波中
我不断呼吸着记忆的迷香

3

断桥令人不断念
灵隐不是觅隐处
湖心亭果然在湖的心里！

我们站在岸边
湖光在你的眼里
凉风和荷香在你的袖里

中午明媚的阳光下
湖中央的一颗心
如月轮波动不已

你挥挥手
缚我在香的雾里

4

在你的身上
藏着湖山的密约
在湖山的曲折处
泄露着你的心机

燕子的信送到了
柳荫里，蜜蜂的三字经
念到了花的耳朵边

迷醉了天使心。

爱？不爱？

春风吹遍了江南。
还我的心愿！
还我的心愿！

2008 年 12 月 28 日—31 日

海　棠

月亮，从天上递过来
一支巨大的蜡烛
让我去照临睡的海棠

高大，端庄，华美
花之女神，在迷津
高举着燃烧的青春！

这是敬畏的时刻
献给暂时的、不可战胜的美
"我来看此花时，此花与我心一起明白过来"

东方的哲人也是爱花的，仿佛
面对一个山水知己
让他想起那个飞越大海的、迁徙的梦

花之女神高举着燃烧的落日
反复凝视江上人的倒影
万丈光芒扶着她的裙子

2009 年 5 月 8 日

消　息
——为林木而作

在乱哄哄的车站广场
我一边忍受人们的推挤
一边四处向人打听
一个戴荆冠的人。
人们用茫然回答我的贸然
到处堆放的行李
把我绊倒，两个穿制服的人
粗暴地用胳膊把我挡开。
候车室里充斥着嗡嗡的废话、
遗弃的旧报纸、方便食品
和难闻的汗味儿。
谣言如蚊子，逢人发表高见。
一个背着孩子的女人
反复向我伸手乞讨
紧贴她的身后，像尾巴一样

是两个比她更肮脏的孩子。

小偷在人缝里钻来钻去。

除了他们，和蚊子

所有的人都在准备离去；

虽然他们的愿望互相指责

他们的方向互相诋毁。

入夜了，广场更加拥挤。

仍然没有消息。

变幻的时刻表上没有；

霓虹闪烁的广告牌上没有；

人们空虚的眼神中也没有。

人们打开行李，把广场

当成了临时的难民营。

只有星光，仿佛救赎

从偶然的缝隙间泄漏下来

带来远方旷野的气息。

我终于拿定主意

在广场扎下根来

用一生等候。

我仰面躺下，突然看到

星空像天使的脸

燃烧，广场顿时沸腾起来。

2009 年 5 月 14 日

如果你不懂大海的蔚蓝 ①

如果你不懂大海的蔚蓝

天空不会下雨；如果天空下雨

你不会伸出双手承接雨水

少女的双脚不会踢掉风暴的舞鞋

如果你不懂大海的蔚蓝

你不会记得天下的盐和玫瑰

也不会懂大地上的劳作和苦难

落日燃烧以后梦境的荒凉

如果你不懂大海的蔚蓝

海底的闹钟就会不断地响

丁零零，丁零零，丁零零

---

① 用池凌云题。

和尚丢失袈裟，神仙失去睡眠

如果你不懂大海的蔚蓝
思想渐渐生病，未来连续失去
我们忘记相爱；如果我们相爱
昏睡的血液也不会激动如大海

2010 年 3 月 22 日

擎 云
——纪念骆一禾

把攀索系在云的悬案上。

议论远了。风声却越来越紧

你从大衣兜里翻出一枚鹰卵

摊开手，一只雏鹰穿云而去

证实你在山中停留的时间。

与我们不同的是，鸟儿生来便会

裁剪梦的锦被：那大花朵朵

最难的是，无法对一人说出你的孤独。

贴紧天之蓝的皮肤，一丝丝地凉。

太阳盛大，道路笔直向上。

只有心跳在告诉血液：你不放弃。

这时候想起心爱的人，心是重的。

小心掉头，朝下看：视野内并无所见

除非云朵一阵阵下降

赶去做高原的雨。星星的谈话

是关于灵魂出生的时刻。说，尚未到来。

银河上漂浮着空空的筏子。

人间的事愈是挂念

愈觉得亲切。胼胝是离你最近的

现实，也是你所热爱的。

泪水使心情晶莹；你一呼吸

就吞下一颗星星，直到通体透明

在夜空中为天文学勾勒出新的人形星座

闪闪发光，高于事物。

这是你布下的棋局，但远未下完。

你以你的重，你艰难的攀升

更新了人们关于高度的观念。

你攀附的悬岩，是冷的意志

黑暗，而且容易碎裂。

那个关于下坠的梦做了无数遍。

恐惧是真实的，而愿望同样真实。

最后的选择，几乎不成为选择；

抽去梯子，解开绳扣，飞行开始。

2010 年 3 月 23 日

天地间

从北极星辰的台阶而下，
到天文馆，直下人间。
——骆一禾

滚石填塞去路。深深下降
然后以臂力攀升，如蚁影
在垂直天梯上匍匐、蜿蜒。
野花如雾，涌上我的热泪。

赤日蒸晒，峥嵘人间。
有纵横之健翮坠亡，顷刻间
被虫蚁食尽。石头扑向心，
气息崚嶒而凌厉。

于此人间，只有本身的血气

214

导我前行。在石头与石头间抉择

无须顾虑，哪条路人迹更少：

"背向你的前人，也背向你的后人"①

下临无地。于苍莽古崖间

挥涕：永远握不住你的手。

天地无言，星斗如芒，恸哭而不能返。

这是人间。然而，也是我所爱的。

2010 年 3 月 12 日

---

① 出自骆一禾《沉思》。

在晦暗的山径上眺望银河

在明灭不定的山径上一遍遍徘徊，
树后的星空如天使捂着受伤的脸。
接近午夜时，我们相继陷入沉默。
话说完了，头顶愈益明亮的银河
却像猜不透的谜横亘在你我之间。

人间的事偏于晦暗。望中的灯火
仿佛情人依偎的私语，俯首之际
看见滚烫泪水顺着你的脸颊流下。
也想替你擦去泪痕，寒冷的山风
却冻僵了我的手。这是中年的暧昧。

另一阵山风吹过时，你我心底激跳过
一阵阵苦涩的战栗。属于未来的日子
属于命运玩剩的牌。对于是否退出

一场没有赢家的游戏，你我都没有
十足的把握。所有的犹豫和决心最终

归结为临别的祝福。那身份不明的
从银河的背面窥伺我们：你我都清楚
以往的痛苦并不能用未来的幸福清算；
正如此刻，天上灯一盏盏熄灭，变暗
我们的心也一点一点地变凉，变平静

2010 年 3 月 14 日　北京大雪

靠近大海的午夜小径……

在靠近大海的午夜的小径上
南方的风一阵阵吹
翻弄你骄傲的黑头发。
古老生活的旋律，星的私语
在我们走过的幽暗拱桥上
又被秘密期待和倾听。
另一阵风吻醒你的肩窝
在沙路上降落一串白色的光雨

银河在解冻。像一只
纸扎的筏子，月亮在渡河。
这是不可测度的春之夜晚
黑松林雾茫茫的边沿
隔岸灯火，涌过忆念中
织女心头难以平抑的海中海。

在我们的漫步中
她的双唇掬起沉默之织锦。

冰和冰因接近而融化
季节却无法宽容早岁的艰难。
每一朵花，每一寸心
都曾是燃烧的灰烬
而两颗相望的星仍在坚守。
你递给我的一支桨
像是命运委托的遗孤。
流在一起的泪，相握的手
为什么又在春风中猜想
两个解禁的命运
即将遭遇的巨大反驳。

2010 年 3 月 24 日

219

旱

水在深深的地下逃亡
鱼的时刻在游动中
停摆。烈日的寂静
和万物垂死的寂静

谁在云后垂怜？汗珠滚烫
摔碎在火焰蒸腾的岩石上
最后望一眼天空吧
如此夺目而清晰

孩子，把水背在背上
这是你祖传的命运
只有泪水没有救赎
只有死亡没有改变

活的愿望一再被蔑视
大海的呼吸突然终止
而腐烂的依旧腐烂
受难的依旧受难

2010 年 3 月 29 日

针

吹过万山的风，一阵阵
吹向丰盈的田野
击落秋之果实

瞬间的光明
万年的沉睡
时光留下它的针眼

依靠光明生活的人
仰天恸哭——
太阳已经死去！

暴雨闪亮的盾牌和箭
迎面袭击一棵树
亮出一排排骨头

一无所有的人
不怕失去更多
风中高昂起头颅

你有，是你的未来
我存在，是我的顷刻
袒露无边的荒野

大风吹我洗心革面
狂走的乌云是我一生黑暗
把最好的日子度尽——

2010 年 4 月 29 日

电线杆对杨树诉说柔情

蓝啊，这火焰的颜色
从天空滴到你的额上
从你的额滴到我的额

四月里最火的日子
你的生长越过我的
愿望，抚摸蓝的穹顶

蓝啊，我多爱你这蓝色
你这笔直的轻盈
你的声音中的另一种蓝

穿越我空空的耳膜
迷乱我颤抖的心
僵直的命运阻止我爱

春天，我情愿奉献
因为你是光，我是影
你是燃烧，我是灰烬

2010 年 4 月 29 日

剑
——为敬文东而作

寒流不断
把长安的春天变成寒冷的走廊。
在走廊尽头，你端坐
抚摸七尺寒水　举向长夜。

剑是长夜之伤
也是长夜之光。
你背剑下山的时候
冬蛰的龙蛇在千里外惊叫。

我熟悉你精湛的剑术
如你熟悉我多年积郁的恼恨。
伤和痛提醒我们活着的感觉
而剑被迫清除世界的瘀血

遥望人间稀疏的星光。

七尺之剑随心所往。
剑气如虹，剑花如芒
而时代越来越深陷于自己的幻术。
有物倒于剑下，即有鬼魅之笑声
自身后响起。

你转身而面对无物。

剑是自己的光
也是自己的冷。
黑暗如木，迎风生长。
孤独是你随身的另一把剑。
唯一的剑客在长夜中与自己作战。

出鞘之剑：
一个愤怒的哑巴
自焚的烈焰。

剑在血中吐出光明，长成你的骨头。

2010 年 5 月 6 日

花粉之伤

比默默无言的植物更脆弱。
最细小的事物给予我们
最大的伤害，春风的吹拂
让荏弱的心惊惧。
你用泪水，焦灼的呼吸，
躲避和挣扎，深处的痛和痒，
拒绝一点点投来的光，
拒绝空气中久久酝酿的回忆之甜。

回避花朵的光，也回避田埂上
青草的光。在窗帘后面走动和祈祷
用墨镜遮住泪水，一手搭着
另一手的脉，你和你的伤在一起，
和你永远忠诚的晦暗在一起，
"习惯了喑哑的生活，我无力
来到光中。"惯于负重的卑微的角色

无法适应突然到来的春天。

诗歌的女儿，世界伤害你
正如它一直伤害我；我的心上
痛着你的痛。"人们从不珍惜
一颗沉默的心灵。" 仰望
星星哭泣的脸，四月的插秧客
在天空中找到藏身的走廊；你从
自己的泉源深深汲取，而我
从你的泪水中汲饮过悲伤的美。

一些秘密的颗粒使我们燃烧。
凭着这蚀骨之伤，我们在
故乡的窄路上艰难相认；凭着
一天比一天沉重的呼吸，一阵
比一阵猛烈的风，凭着即将
到来的沙暴，我们一起加入
众树的合唱——那摇撼众生的歌声
将把我们黯淡的生命转换为永久的赞美。

2010 年 5 月 10 日

天使之箭

假如有人正好在你面前落水，
你伸手还是袖手？可能的选择
与水性无关。或者你也落水
你帮助别人，将使你更快下沉；

你拒绝帮助别人，就有天使
从空中向你射箭。你要怎样行动？
或者再换一种情形，你救自己
就拖别人的后腿，否则灭顶；

救自己还是救你的邻人？
每天面临的选择考验着
脆弱的自我；所谓人的出生
也许就是被爱我们的所遗弃。

随时可死，却并非随时可生，
就是这原因让哈姆莱特的选择
变得艰难。这暂时的血肉之躯
我们加倍爱它的易于殒灭。

人生总由错误的选择构成，
而不选择是更大的错误。
学习生活，却难以重新
开始生活；告别永不再见。

上帝并非善心的父母，置我们
于生死的刀刃，观察我们受苦。
人间的情形从来不曾改善，
天神何尝听到你我的呼告？

魔鬼却一再诱惑我们的本性。
活着，就是挑战生存的意志；
这世界上，只有爱是一种发明，
教会我们选择，创造人的生活。

2010 年 5 月 23 日

231

迷津中的海棠

火焰为名的
烈日的女儿
在尘暴的祖国升起

冥河的波浪涉险而来
窃取烈日的火焰
一年一度涉险而来

在黑暗河畔
在黑暗家乡，以恋之名义
绽放钻石和马的火焰

海棠！青春的爱人
一年一度高举火焰

一夜风吹

一夜的尘暴席卷

一夜不眠的火焰！

青春即海棠！火焰即海棠！

"燃烧一分便是减少一分"①

一年一度照亮迷津黑暗

海棠，迷津之国唯一的火焰

在冥河波浪之上

高举落日之杯

迷津之国黑暗茫茫

海棠高举落日之杯

青春之血遍洒

英雄船长的日记！

---

①骆一禾诗《非人》："你活着 ／是靠胸中的火焰 ／说出一分，
便熄灭一分。"

迷津之国黑暗茫茫
海棠，火焰是唯一的渡船
西方的船长高举落日之杯
让我来到你的岸边

2011 年 4 月 16 日